カバー絵・口絵・本文イラスト■剣《つるぎ》解《かい》

BBN
B•BOY NOVELS

白い騎士のプロポーズ

~Mr.シークレットフロア~

あさぎり夕

この物語はフィクションであり、実際の人物・
団体・事件等とは、いっさい関係ありません。

CONTENTS

登場人物紹介

ユリウス

32歳。中欧のウォルフヴァルト大公国の貴族であり、世界的時計メーカー『LOHEN』のCEO。最高の栄誉である騎士の称号も持っている。

栗原《くりはら》基紀《もとき》

24歳。老舗百貨店『ＫＳデパート』のジュエリー部門に配属されたばかり。ある特殊体質の持ち主で、そのせいで家族とは疎遠に…。

八神《やがみ》 響《きょう》

大人気ミステリー作家で、実は鷹の異母弟。普段は鷹のホテルのシークレットフロアで仕事をしている。冬夜と同じく特殊な体質。

白波瀬《しらはせ》 鷹《たか》

ギリシャ人と日本人のハーフ。世界展開している白波瀬ホテルグループの跡取りで「グランドオーシャンシップ東京」のオーナー。

相葉《あいば》卓斗《たくと》

明るく健気な新米編集者。コスモ書房に入社したばかりなのに、ルックスだけで、憧れの大物作家・八神の担当に選ばれてしまう。

香月《かづき》冬夜《とうや》

トレーダー。端麗な顔立ちと洗練された立ち振る舞いで人々を惹き付けるが、ある特殊な体質のため人付き合いが大の苦手。

白い騎士のプロポーズ

～Mr.シークレットフロア～

1

（な、なんでこんなことに……？）

間近から漂うシトラス&ウッディーのアダルトなフレグランスの香りに包まれながら、極上のリネンのシーツを震える両手で握り、栗原基紀《くりはらもとき》は空回りする頭で必死に考える。

なぜ？　どうして？　一介の百貨店従業員でしかない自分が、こんな想像を絶する事態に陥《おちい》ってしまったのか。

二十四のこの歳まで、目立つこともせず、地道にひっそり生きてきた。

誰にも知られたくない秘密があろうとも、どうせ俺なんかと世を拗《す》ねて悪に走るほどの根性も勇気も持たず、おかげで他人様に恨みを買うようなこともなく、ある意味、波風立たずに過ぎていく日々に安寧さえ覚えていたのに。

どうして突然、自ら望んで浸りきっていた平凡をぶち壊すような出来事が、降りかかってきたのか。これはいったい、どんな神の戯《たわむ》れなのか。

「手荒な振る舞いは私の趣味ではない。きみが理由を教えてさえくれれば、私も紳士にあるまじき蛮行《ばんこう》におよばずにすむのだ」

いや、神の仕業でなどあるはずがない。

こんな不謹慎きわまりない状況へと基紀を追い込んだものは、凡庸《ぼんよう》でありながら欲深い人間達の浅知恵と、些末《さまつ》なプライドの積み重ねでしかない。

「さあ、言いなさい。両親しか知るはずのない私の真の名を、どうして知りえたのだ？」

悠々と基紀を組み伏して、問いかけという命令で答えを要求する男の額を覆う金髪が、柔らかに揺れるさまを呆然《ぼうぜん》と見上げながら、基紀はこの期《ご》におよんでもなお、のろのろと首を横に振る。

「だから…、ただ、なんとなく……」

「そんな子供だましの言い訳が通用すると思っているのか？　下手《へた》な変装までして、乗り込んできたというのに」

その変装用アイテムだった肩章《けんしょう》つきのベルボーイの上着は、すでに脱がされて、ベッドの下に打ち捨てられている。

「おとなしそうな印象のわりに、意外と頑固なようだ。一介の従業員にしては、口が堅い。かえって怪しく思えてくるな」

「で、でも、本当に僕は『ＫＳデパート』の社員なんです。それも中途採用で、ようやくジュエリー部門に配属されたばかりの……。ヒヨコどころか、卵がほんの少し割れかけた程度の、超ペーペーでしかないんですってば」

「だから怪しい。『ＫＳデパート』と言えば、全国展開している日本でも老舗《しにせ》の百貨店グループのはず。こんな無益な計画を本気で立てるとは、とうてい思えない」

だからバカなんです！　と基紀は声を大にして言ってやりたかった。自分の上司はその程度の男なのだと。ジュエリー部門に配属されてまだ一カ月、素人《しろうと》同然の見習いを送り込んで、なんとかなると本気で思っているのだと。

自分はただ、無能な上司の命令に従っただけで、騙《かた》りでもないし、他にどんな下心もありはしないのだが。基紀自身があまりに粗忽《そこつ》な計画に呆《あき》れたくらいだから、はなから自分を疑ってかかっている目の前の男に信じさせるのは、とうてい無理な気がする。

「愚か者のふりで私をだまそうとは、なかなかに可愛らしい」

たとえようもない気品と、容赦《ようしゃ》のない鋭さが、奇妙に混在した切れ長の目は、深い針葉樹の森の奥に雪解けの水をたたえて煌《きら》めく泉のごとき、ピーコックグリーン。

彫りの深い面立ちにゲルマン系の特徴を色濃く現した男は、体格もまたそれにふさわしい逞《たくま》しさで、銀糸の刺繍《ししゅう》が施《ほどこ》された純白の礼服を見事に着こなしている。

スタンドカラーの襟元にはわずかの乱れもなく、薄く笑んだ口元からこぼれる言葉は、どこまでも穏やかだ。

「いいだろう。好きなだけ黙っていればいい。では、やはり身体に訊《き》くことにしよう」

超然と落ち着き払ったまま、欧米人に比べれば体格的に劣っていようとも一七四センチの基紀の身体を、まるで赤子の手を捻《ひね》るがごとくに軽々と押さえ込み、言葉どおりの作業を淡々と続けている。

男の身体に訊く……普通なら暴力的な拷問《ごうもん》を想像するが、基紀が見舞われようとしているのは、そんな粗暴なものではない。なにしろ相手は欧州の貴族様だから、自ら言うように紳士にあるまじき蛮行はしないのだ。

ならば、これは紳士的には許容範囲なのかと、首筋に触れてくる唇の生々しい感触から逃れようと、基紀は必死に身を捩《よじ》る。

だが、どれほど抗おうとも、すでに両手は覆い被《かぶ》さる男の長い指にひとくくりにまとめられて、頭の上に押さえ込まれている。

「お、王家の血筋というお方が、こ、こんな不埒《ふらち》なまねをしてもいいんですか？」

「だからだよ。私の秘密は、きみごときに知られていいものではない。この肩に我が公国と民の未来がかかっているのだから、私に弱みなどあってはならないのだ」

「弱みって、たかが名前ひとつ……」

「そのたかが名前が、唯一で最大の弱点なのだよ。忌々《いまいま》しいことに」

たかが名前、されど名前――それは個人を表す単なる記号ではない。

そのことを、基紀は誰よりもよく知っている。

だからこそ男のこだわりもわかるのだが、逆に、それほどに意味のある名前をいとも簡単に見抜いてしまった自分の能力を、うかうかと明かすわけにもいかないのだ。

家族にさえ忌み嫌われる、あの力のことなど……。

「や、やめましょう、こんなこと……。誰にも言いませんから、決して……！」

「それを信用しろと？　のうのうとホテルマンになりすまし、周囲をあざむいてまで私に近づこうとしてきたきみの言葉を？」

ふっ、と嘲笑《あざわら》うように口角を上げた男は、次の瞬間、形だけつくろっていた笑みを掻《か》き消すと、切るような鋭さで眦《まなじり》を上げた。

「冗談もたいがいにしたがいい」

極上のハスキーヴォイスからいっさいの甘さを削《そ》ぎ落とし、凍気すら感じるほど硬質に発すると、男は自らの決意がうそではないことを示しはじめたのだ。

片手だけで基紀の動きを塞《ふさ》ぎながら、もう一方の手で、カッターシャツのボタンを外していく。丹念に磨かれた爪の先が肌を掠《かす》めるたびに、チリッと静電気でもおきたかのような痺《しび》れが走る。

「や、やめろっ……！」

「抗うがいい。そのほうが私も少しは楽しめる。だが、いつまで黙っていられるかな？」

どうして……？

いったいどうして、こんなことに？

今日、何度目かの不毛な問いを、基紀は胸のうちで反響させる。

「さあ、白状したまえ。どうして秘密のはずの私の名前を知った？」

白い正装が似合いすぎる流麗無比な美貌《びぼう》とは裏腹な、硬質な声音と射るような視線が、基紀を容赦なくベッドに縫い止める。

これからはじまる凶行を知らしめるように、肌を撫《な》で回るひやりとした手のひらの感触が、意外なほど不快でないことが、さらに基紀を追い詰めていく。

どれほど絵に描いたような魅惑的なお貴族様であろうとも、相手は同性なのだ。悔しいほど、自分より逞しい身体を持つ男なのだ。そんな相手に欲情するような趣味は、基紀にはない。

もっとも、それを言ったら、女に欲情することもあまりないのだが。

常に普通でありたいと思うがゆえに、誘われるままに、そこそこに性体験も積んではきたが、女は敏感な生きもので、愛されていないことにはすぐに気づく。

――恋愛してるって気がぜんぜんしない。

最後につきあった相手が、別れぎわに吐き捨てていったセリフは、痛いほどに基紀の気持ちを表していた。本当は恋などしたこともない。それ以前に友人さえもいない。

他人と深く関わるのを避ける一方で、孤立を恐れて集団の中に埋没し、周囲の顔色をうかがっているだけの臆病者を、恋の甘さの中へと引き込んでくれる奇特な女など、そうはいるはずもなく。大学卒業を機に一人暮らしをはじめて以来、忙しい日々を理由にして、すっかり色めいた話から遠ざかっていた。

ぐるぐるする頭の隅で、最後に女と寝たのはいつだったろうかと、この状況下ではなんの意味もないことを思い出そうとするのは、現実逃避している証拠だ。

自分が男に押し倒されている、服を剝《む》かれている、喉元《のどもと》にキスが落ちてくる、愛撫の手がいたるところを這《は》い回っている——同性愛者でもないごく普通の性癖の男にとっては耐え難い事実から目を背けるために、どうでもいい思考に走ったところで、ざわざわと産毛がそそけ立つような感覚が消えるわけではないのに。

男の指先が、お貴族様的な優雅な動きはそのままに、露《あら》わになった胸元にポッチリと色づいた小さな突起を引っ搔くように弾《はじ》く。

瞬間、ゾッと肌が戦慄《わなな》いて、背中がシーツから浮き上がるほどに大きく身体がしなる。

「もう、やめろっ……！」

そのあまりに異様な感覚に、敬語もなにも振り捨てて、基紀は両目を驚愕《きょうがく》に見開いたまま、みっともない掠れ声を発していた。

「や、やめてくれっ——…！」

だが、どれほど叫ぼうと訴えようと、窓の外には届かない。銃弾さえも跳ね返す強固な防弾ガラスが、基紀の細々とした悲鳴をたやすく遮ってしまうから。

ドアの向こうにいるはずのSP軍団も、ホテル専属の執事も、この部屋でなにがおころうと、知らぬ存ぜぬを決め込むだけ。

ここは、ある意味、治外法権のような場所なのだ。

窓から覗《のぞ》き見れば、三十八階ぶんほど下に、都心の真ん中とは思えぬほど豪奢《ごうしゃ》な英国庭園《イングリッシュガーデン》が広がり、いまを盛りとばかりに咲き誇るバラの花壇と、月桂樹で形作られた迷路《メイズ》が見えるはず。

都会《アーバン》のリゾートを謳《うた》い文句に、不況の嵐が吹き荒れる昨今でさえも国内外のセレブが集《つど》う超高級ラグジュアリーホテル『グランドオーシャンシップ東京』のＶＩＰ専用フロア。

宿泊を許されるのは、ハリウッドスター、海外の政治家や王侯貴族、世界的企業の社長や会長など、基紀のような庶民から見れば、雲の上の存在である選ばれた者のみ。

まかり間違えれば、国際問題にさえなりかねない超ＶＩＰ達の秘め事をその身の奥深くに隠し、一片たりとも外に漏《も》らすことはない、シークレットフロアなのだから。

(どうしてこんなことに……?)

失敗することは最初からわかっていた。

なのに、どうして、うかうかとこんな粗忽な計画に乗ってしまったのか。

脳裏に、今朝からこっちのあまりに愚かすぎた自分の行動が、いまさらのように蘇《よみがえ》る。

本当にいまさらなのだが。

＊

異常気象という言葉が当たり前になってしまった昨今、九月になったというのに厳しい残暑が続く中、この三日間、基紀は一人の人物を追い続けてきた。

名はユリウス・フォン・ヴァイスクロイツェン。三十二歳。

中欧にある立憲君主国、ウォルフヴァルト大公国の貴族の称号を持つ男。

専用ジェットで羽田《はねだ》に降り立って以来、分刻みのスケジュールを予定どおりにこなす男が乗ったリムジンを、尾行と言うのもおこがましいほどひたすら追いかけて得た結論は、近づくことすら難儀だということだけ。

外出のさいには常に五人の黒服姿のSPに囲まれ、政財界の大立者《おおだてもの》達との会談を精力的にこなす以外は、ホテル内のVIP専用の部屋にこもっている。来日前にすでに決められていたスケジュールには、たとえ総理大臣であろうと割り込む隙《すき》はない。

となれば、わずかでも接触のチャンスがある唯一の場所は、宿泊先である『グランドオーシャンシップ東京』のロビーしかない。

基紀の直属上司、ジュエリー販売部一課長の山下《やました》は、そもそも最初からそう言っていた。

あれは特別な男だ、と。

王家の血筋を引く公爵家に生を受け、世界的時計メーカー『LOHEN《ローエン》』の最高経営責任者《CEO》となり、公国にもっとも貢献した者として民間人ながら外交官に任命され、最高の栄誉である騎士の称号まで与えられた男なのだと。

爵位も肩書きも溢《あふ》れるほど持っている男だが、『KSデパート』のジュエリー部門担当の我々にとって必要なのは、時計メーカーとしての名前が前面に出てしまっているが、ジュエリー製作にも携《たずさ》わっている『ＬＯＨＥＮ』のＣＥＯとしての彼なのだと。

精密機器メーカーならではの技術を活かしたムーヴィングジュエリーは、宝飾品ブランドにはない独自の個性を持っているのだが、販路はヨーロッパにかぎられ、いまのところ日本との取引は皆無だという。

勉強不足とか以前に、就職してからこっち恋人の一人もいない身とあって、プレゼントに高価なジュエリーをねだられることもなく、宝石に関しては自分の誕生石がルビーということも最近知ったくらいに門外漢《もんがいかん》の基紀だ。

ジュエリー部門に回されて一カ月、特技の暗記力を駆使して最低限の知識だけは詰め込んだものの、肝心の宝石を見る目がまったくない自分を呼びつけて、どうしてそんな説明をするのかと、いやな予感を覚えながらも、ただ相づちを打っていた。

山下には出会ったときから、あまりいい印象がなかった。なんとなくだが、上役にへつらう腰巾着のくせに、部下相手には居丈高《いたけだか》な態度に出るタイプだなと。

そして基紀の、初対面の相手に対する印象が外れることは、まずないのだ。

あんのじょう、研修初日から基紀をお茶くみあつかいして顎《あご》でこき使った山下は、自分の手に余る仕事はすべて部下に押しつけ、功績だけは我がものにする、露骨なほど姑息《こそく》な男だった。

その山下が基紀に与えた初めての仕事らしい仕事が、『ＬＯＨＥＮ』との契約を取りつけることだった。

海外事業部きっての凄腕《うごうで》担当者に任せても、面会することすらかなわなかった。社長自らアポをとろうとしても、日本への輸出は考えていないと、けんもほろろに断られた。

ならば逆の発想で、素人だからこその熱意で攻め込むしかないと、本気だか冗談だかわからない要求を突きつけてきたのだ。

常に目立たず、騒がず、〝団栗《どんぐり》の背比べ〟の中に埋没するのをモットーに、息を殺すようにして生きてきた基紀に向かって。

寝ぼけるのもたいがいにしろ！　と言いたかった。

中途入社で四カ月、いまもまだ研修期間中の見習い社員に、外国企業のＣＥＯと接触して契約をとりつけるなど、常識的に考えてもできるはずがない。そんな神業が基紀に使えると思っているなら、いくら上司とはいえ山下はアホすぎる。

だが、本当に心底からアホだった。

それを証明するように、ミッションのための必須アイテムとして手渡してくれたのは、金の肩章が印象的な『グランドオーシャンシップ東京』のベルボーイの制服だったのだ。

なんですと？　これを着てホテルに潜入しろとでも？　まさかと思ったが一応確かめてみて、そのとおりだ、と返されたときには、その場で辞表を叩《たた》きつけてやりたくなった。

もっとも、残念ながら、いまの基紀にはそんな余裕も情熱もない。

安定した将来と給与の約束された公務員になるべく試験を受けて、文化財保護課という地味ながらまっとうな職種に就いたものの、たった一年で挫折《ざせつ》。

半年間の就活の末に、やっとのことでありついた仕事なのだから。

再び、わずか四カ月で『ＫＳデパート』を辞めてしまっては、ただでさえ就職難の昨今、ひとつところに腰を落ち着けられない男とのレッテルが貼られてしまって、次の仕事に就くのがさらに困難になる。

だから我慢した。必死に我慢したあげく、そこは哀しいサラリーマン。

どう考えても無謀というか、無茶というか、バカげているとしか思えない、山下曰《いわ》くの名案にうなずくしかなかったのだ。

（だめだ……。絶対に失敗する……！）

そうして、ベルボーイの濃紺《のうこん》の制服に身を包み、精一杯ホテルマンを気取って背筋をピンと伸ばし、『グランドオーシャンシップ東京』のロビーを歩いてはみたものの、内心は捨て猫のように縮こまっている。

穴があったら逃げ込みたいほどに。

なぜこんなコスプレまがいのカッコウをして、スパイもどきのことをやらねばならないのか、どう考えても、生真面目《きまじめ》を絵に描いたような自分には合わなすぎる任務だ。

できるはずのないことをやれと言う――つまり基紀は捨て駒なのだ。突拍子もない作戦に出て、なんとか『ＫＳデパート』ここにありと印象づける。それさえすめば、あとはクビにしても惜しくない程度の人材。

よくもまあ、百貨店不況のおりに中途採用の募集などするものだと思っていたのだが、ようは、最初から捨て駒にする人間を捜していただけのことだったのだ。

(なんで俺が、こんな恥さらしなまねを?)

心で問うても、敵陣のまっただ中とあっては、答えてくれる者もない。

こんなわざとらしいまねをするくらいなら、正々堂々と特攻かけて営業するほうが百倍もましな気がするのだが、正面切って行けば、話を聞いてもらうどころか名刺を渡す前に、警備のＳＰ軍団に取り押さえられるのは必至で、だからこそのスパイもどきなのだが。

(絶対にバレる!)

その確証がある。さきほどからずっとユリウスに張りついているのは、ホテル業界でも五指に入る『白波瀬《しらはせ》ホテルグループ』の中でも、もっとも格付けの高い『グランドオーシャンシップ東京』のジェネラルマネージャーなのだ。

たとえ千人の従業員がいようとも、全員の顔と名前を把握していて当然で。制服だけベルボーイのカッコウをしていたところで、顔を見られれば一発で偽物だとわかってしまうはず。それほどにレベルを誇るホテルなのに、こんな子供だましが通用すると思っているあたり、『ＫＳデパート』もたかがしれている。

なまじ創業百年の老舗百貨店の名を掲げているせいで、旧態依然の頑固な頭ではめまぐるしく変化していくこの時代に適応できないのかもしれないが、百貨店不況が叫ばれて久しい昨今、いくらなんでも呑気《のんき》すぎる。

もっとも、不況を理由にするなら、就職難はさらに厳しいご時世だから、基紀のほうもいやだのなんだのと選《え》り好みしている場合ではない。

履歴書持参でいったいどれだけの会社を回ったことか。ようやく手に入れた仕事なのに、捨て駒になどされてなるものか。石にかじりついてもしがみついてやる。

こうなったら、なんとかユリウスに接近して、名刺のひとつも手渡すしかない。それで山下が成功と判断してくれるかどうかはわからないが、社長でさえアポをとることのできない相手に、入社四カ月めの自分ができることといえばその程度しかありはしないのだからと、腹をくって基紀は足を速める。

とはいえ、ホテル内のショップで買い物をするあいだもSPのガードが緩《ゆる》むことはなく、近づくチャンスはなかなか訪れない。

そうこうしているうちに、一般客が踏み入ることのできない、関係者以外立ち入り禁止の廊下へ近づいていた。

そのさきにVIP専用のシークレットフロアに上ることのできる、直通エレベーターがあるのだ。エレベーターホールに至る通路には、二十四時間態勢で警備員が配置されて、常に監視の目を光らせている。

もはや猶予《ゆうよ》はない。行動に移すだけだ。

「お、お待ちください、ユリウス様……！」

基紀は、さきほどユリウスが寄ったブティックで慌《あわ》てて買い求めてきた紙袋を提げて、警備員達の一歩手前で声をあげる。

一瞬にして、護衛についていたSP軍団がこちらを振り返り、いっせいに背広の内側に手を差し込んだ。まるでアクション映画のワンシーンのように拳銃でもとり出しそうな仕草を目にして、基紀はぎょっと足を止める。

（ちょ、ちょっと待て！　ここは日本だぞ。背広の下になにを隠し持ってるんだ……!?）

たとえ海外からのＶＩＰであろうと、日本国内で銃など持つことはできないはず。だが、ユリウスは外交官だった。もしかしたら外交特権とやらが適用されたりするのだろうかと、基紀はじりじりと後退《あとずさ》る。

〝火事場の馬鹿力〟とはよく言うもので、生命の危機を感じると、人は常にない力を発揮するものだ。頭の中はまっ白になっているのに、とにかくこの場を乗り切ろうと、勝手に口が動いてくれる。

「さ……さきほどお寄りになったブティックから使いを頼まれました。あちらの不手際で、お買い物の品を間違ってお渡ししてしまったとのことです」

最初の一言は嚙《か》んだものの、これほどパニクった状態で、よくぞ声が出てくれたと自らを褒《ほ》めてやりたくなる。

だが、喜びもつかの間のこと。

「きみはこのホテルの従業員ではないな。ベルボーイの制服でだませるとでも思ったら、あまりに考えが浅い」

ジェネラルマネージャーの冷静沈着な反応で、失望の淵《ふち》に突き落とされてしまった。

「なんらかの理由で宿泊中のＶＩＰに接触しようと、過去に七回、きみと同じことを試みた輩《やから》がいた。むろん、ただの一人も成功はしていない」

だから、一目でバレると言ったのに。

ジェネラルマネージャーの言葉に反応したＳＰが二人、目にも留まらぬ早業で基紀の左右を固めたと思うと、気づいたときには両腕をがっしりと捕らえられてしまっていた。

その間、ものの三十秒ほど。

想像していたとおり、名刺を渡すことすらできなかった。このままホテルから放り出されれば、まだマシだ。下手をすれば不法侵入で警察に突き出されかねない。ギリリと腕に食い込んでくる男達の手を、せめて少しでも緩めようと基紀は声を張り上げる。

「は、放してください、ギュンター・クラウゼヴィッツさん！　アルフォンス・ブライテンバッハさん！」

左右の腕を捕らえている男達に、焦りの視線を向けながらその名を呼ぶ。

どちらも舌を噛みそうなほど、いかにもなドイツ名で、覚えるのがやっとだった。

それまで振り返りもせず、エレベーターのドアが開くのを待っていたユリウスが、ゆっくりと振り返った。

わずか三メートルほどさきに、絵に描いたような金髪で緑の瞳のお貴族様がいる。

面積を競えば下から数えたほうが早いという中欧の小国とはいえ、千五百年の歴史を持つ国。二十一世紀になってもなお、大公や皇太子や貴族と名のつく階級が厳然と存在している国——ウォルフヴァルト大公国からやってきた、宝石の使者。

優に一九〇センチはあるだろう長身を覆うのは、格調高き純白の正装。

金糸の肩章《エポーレット》や金モールは、基紀が着ているベルボーイのそれと似通っているようでいて、重量感や品格があまりに違いすぎる。

広い肩から胸板にかけての逞しさと、それとは対照的に引き締まったウエストライン。

かなり着る人を選ぶだろう、古風な金のラインの入ったトラウザーズは、ただでさえ長い脚をさらにスマートに見せている。

そのすべてが、彼の優美な体型を引き立てるためだけに作られたのだと、豪語している。

巨大なガラスカーテンウォールの壁面から差し込む西陽の中、くっきりと陰影を刻んだ面立ちもふくめて、まさにゲルマン民族はかくやという風貌だ。

（なんて、きれいな男なんだ……）

TOKYO

金色の前髪が降りかかった額から鋭角的な顎へと、シャープなカーブで描かれた輪郭《りんかく》のどこにも無骨な印象はないのに、力強さに溢《あふ》れている。

なまじ自分が優男《やさおとこ》すぎて、線の細さもコンプレックスなだけに、ここまで上品な男らしさを目《ま》の当たりにすると、羨望《せんぼう》も嫉妬《しっと》も通り越して、ただ見惚《みほ》れるしかできない。

切れ上がった眦に意志の強さを秘め、ピーコックグリーンの瞳は、エメラルドのごとき高雅な閃光《せんこう》を放っている。

その光を肌で感じているかのように、基紀は眉間《みけん》のあたりに、ちりちりとなにかが明滅しているような奇妙な感覚を受けた。

この男は白だ、と思う。

それは雪のイメージだ。

何度も写真を見て、顔を覚えた。尾行を続けているあいだ中、遠目にその姿を確認していた。なのに、こうして三メートルほどの距離で見るユリウスは、覚えのある姿でありながら、鮮烈なまでの美貌の威力で、基紀の目を釘付けにするのだ。

まさに王冠のごとき金髪や、均整のとれた体格や、高い鼻梁《びりょう》を筆頭とする彫りの深い顔立ちこそ、日本人にとって止《や》み難《がた》い憧れだと思い知らされるほどの、完璧な容姿。

「放してあげなさい。きみ達の名前を正確に呼んだというだけで、その者の意気込みはわかろうというもの」

薄く形よい唇からこぼれる声音は、ハスキーでありながら、甘やかに基紀の鼓膜を揺らしていく。完璧な発音の日本語に、思わず、うっとりと聞き入ってしまう。

「その根性に免じて、話を聞こう」

ユリウス・フォン・ヴァイスクロイツェンは、まさに天界から使わされた者のごとき慈愛溢れる眼差しで笑んだのだ。


フランス語の成句に、〝noblesse《ノーブレス》 oblige《オブリージュ》〟という言葉がある。ヨーロッパ社会では、貴族のような高い身分の者には果たすべき相応の義務がある、という考えだ。

上司の命令一下、恥ずかしながらのコスプレで特攻をかけてきた無名の輩に示す、その鷹揚《おうよう》さこそが、まさに貴族の証。

外見だけでなく精神までも高雅なお方で助かったと、基紀は胸を撫で下ろす。

直通エレベーターでついたホールからさきは、さらにセキュリティドアで遮られていた。ジェネラルマネージャー自らがカードキーで解除して、重厚なドアがかなりの間隔を置いて並ぶ長い廊下を、SP達に囲まれて歩くことしばし、ようやくたどりついた部屋の中へと案内された基紀は、ここは本当に日本なのかと目を瞠《みは》った。

白い壁と天井は、植物を思わせる曲線の彫刻で埋めつくされ、金や銀の縁取りが施されたアンティーク家具や調度品と渾然《こんぜん》一体になって、ロココの優美さを伝えてくる。

白大理石の床には、銀糸の模様も見事なペルシャ絨毯《じゅうたん》が敷かれ、踏み出した靴底を柔らかく受け止めてくれる。

（ああ、汚すのがもったいない……）

せめて靴を脱ぎたいと、ついつい日本人的庶民感覚が出てしまう。

長く続く不況の中、外資系の日本進出もあって、ホテル業界もなかなか大変だと聞く。稼働率が落ちる平日の昼間にレディースプランを設定したり、クリスマスやバレンタインなど季節ごとのイベントに合わせたサービスを提供したりと、どこも集客率アップに力を入れている。

セレブ御用達《ごようたし》と呼ばれる『グランドオーシャンシップ東京』も例外ではなく、リーズナブルな値段のチャペルでの結婚式から英国庭園での披露宴を、売りのひとつにしている。

ロビーには、ちょっと高級感を味わいたいと口コミ情報につられて足を運んだような、女性客の姿も見うけられた。だが、このフロアだけは別格だ。一般的な日本人が望むレベルのサービスなど、ここには存在しない。

まさに別世界だ。

日本であって、日本ではない。

ヨーロッパの中央部、ボヘミアの山間をエルベ川沿いに遡《さかのぼ》り、深い森に分け入った中に突如として現れる古城をそのまま模したかのように、荘厳なまでに美しい部屋。そこに、金色の髪を輝かせた純白の正装のユリウスが佇《たたず》むことで、完璧な一枚の名画ができあがる。

「それで、私にどんな用がある？」

ユリウスは猫脚も優雅なウイングチェアに悠然と腰掛けると、紅茶のセットを運んできた執事とSPを下がらせて、基紀だけをその場に残して問うた。

「僕は栗原基紀といいます。『KSデパート』勤務で、二年前にオープンしたばかりのジュエリーブランド『GRIFFIN《グリフィン》』に配属されています」

がちがちに緊張したまま、パソコンを駆使して自分で作った名刺を差し出す。なにしろまだ研修中であちこちの部署を回っているため、正式な名刺も用意できていないありさまだ。

「ああ、それなら覚えている。黒沢《くろさわ》なにがしとかいったか、あそこの社長は？　何度か海外事業部の貿易担当者から出店依頼の打診を受けたが、いまのところ日本進出は念頭にないと、丁重にお断りしたはず」

薄い笑みはそのままに、ユリウスは受けとった基紀の名刺には目もくれぬまま、興味なさげにテーブルの上に放り出してしまう。

用意されたティーカップをソーサーごと手にとって、口元に運んでいく。自分は悠然とくつろいでいるのに、基紀には椅子《いす》のひとつも勧めてくれない。だが、それを不満と感じる余裕すら、いまの基紀にはない。

「それは重々承知しています。でも、再度、ご一考していただけないかと」

「きみは見るところ、まだ若いようだが」

「二十四です」

答えを受けてユリウスは、ちらりと基紀の名刺に視線を流す。

「名刺を見るかぎり肩書きもないが。どんな権限でこの私と交渉しようというのか？」

「それは……」

権限などあるわけがない。とにかくアポのひとつもとれれば御の字なのだから。

「僕にはなんの権限もありませんが、もしもお時間をいただけるなら、『ＧＲＩＦＦＩＮ』の販売部長とのご歓談の席を設けさせていただければと……」

「歓談しているほど暇ではないよ、私は。商談と言いたまえ」

声音は優しげなのに、でも、ぴしりと言い捨てる口調は冷淡で、わざわざ基紀を誘ってくれた配慮を考えあわせると、何気にちぐはぐな印象になってきた。

（あれ、微妙にずれてきたぞ……）

お貴族様の大らかさは、どうやら表の顔だけなのかもしれないと、ようよう基紀は気づきはじめた。慇懃《いんぎん》無礼とかいう以前に、自らは高処《たかみ》の存在と当たり前のように思っている節がある。

つまりは、自分に従う者には優しくあるが、従わない者は存在自体を許さない――だからこその余裕なのかもしれない。

「もっとも、仕事の話など、どうでもいいことだ。きみと話す気になったのは、私のSPの名前を間違えずに呼んだからだ」

「あ……?」

「彼らは皆、よく似ているだろう? きみが呼んだギュンターとアルフォンスは従兄弟《いとこ》同士だから、似ていて当然だが、他の者も皆、似た面立ちと体格の者をそろえているのだ」

「SPを顔形で選ぶんですか?」

「おかしいか? 彼らはときに私の身代わりともなる。だから、私に似通った者を選んでいるのだよ」

「ああ……、影武者のようなものですか」

山下からもらった随行者のリストを見たとき、SPだけでなく秘書や運転手に至るまで、やたらといい男ばかりで、ヴォルフヴァルトは民族的に美形ぞろいなのかと思ったものだが、それなら納得だ。

「あえて背格好の似たメンバーを選び、そろいもそろって黒服にサングラス姿と、見分けがつきづらくしてあるのだよ」

「いかにもなSP軍団ですよね」

「だからこそ、不思議なのだ。きみはどうやって見分けた? たとえ随行者リストを手に入れたとしても、写真で覚えたくらいであの二人を見分けるのは、たやすいことではないはずだ」

「……それは……」

あまり嬉《うれ》しくない問いに、基紀は少しのあいだ考え込んだ。

威張って吹聴したくなどないが、自分はうそをつくのがあまり得意ではない。真面目な気質が災いして、焦《あせ》りが表情や口調や態度に出てしまうのだと、経験で覚え知っている。

「えーと……、人の顔と名前を覚えるのが特技なんです。それで『ＫＳデパート』にも採用されたようなもので」

だから、本当のことだけを告げる。実際、基紀は幼いころから同学年の子供達と比べても記憶力がよく、特に人の顔と名前はほとんど一発で覚えることができたから。

「なるほど、特技か。私が訊いているのは、その特技をどうやって身につけたかなのだが」

「それは、自然に……」

知らずに視線が泳ぐのを、ピーコックグリーンの双眸《そうぼう》は見逃さない。

秘密を暴こうと、無遠慮に基紀の表情を探ってくる。

皆の前で見せたジェントリーな笑みは単なる外面で、実はかなり疑い深そうだ。

「なにか隠しているな、きみは？」

仕事の話はどうでもいいくせに、基紀の内面にはいきなり踏み込んでくる。けっこう失礼なお貴族様だ。〝長いものには巻かれろ〟を信条に、マヌケ上司の山下の指示にさえ従ってきたのに、なんだか無性に反抗したくなる。

「人の秘密を訊き出そうというなら、ご自分の秘密をさきに言うべきじゃないですか？」

初対面の相手に……それも、こちらが頭を下げてお願いする立場なのに、この切り込み方こそ失礼千万とはわかっているが。

（だって、こんなきれいな男に裏表があるなんて、詐欺《さぎ》じゃないか）

影武者要員のＳＰ軍団の中に、ただの一人もユリウスのような金髪はいない。皆、示し合わせたようなブラウン系だ。身代わりと言いつつ、自分は特別とばかりに明確な差違をつけているあたりも、何気に癇《かん》に障る。

公爵とやらがいかほどのものか知らないが、ハリウッドスターでさえ夜の街にふらりと遊びに出たりできるほど日本は治安のいい国なのに、いったい何様だよと思う。

年功序列が世の習い……それが基紀にとっての常識だから、ＶＩＰであろうとなかろうと目上の相手というだけで、普段なら逆らったりはしないのに。

「さて、そちらから会いにきたのに、その態度は少々反抗的じゃないか？」

やはり真面目で正直が取り柄なだけに、内心の思いは簡単に顔に表れるようだ。そこまでわかっているのに、胸の奥からむかむかと湧《わ》き上がってくる感情が抑えられない。

「さっき、仕事の話はどうでもいいとおっしゃいましたよね？　それなら、会社に義理立てする必要もありませんから」

なんだろう、自分の口から発せられるこの挑戦的な物言いは。

いままでの基紀は、どんなに理不尽な要求にも折りあいをつけてきた。逆らうことは無意味だと、ずっと思ってきた。なのに、なぜかこの男を前にしていると、当たり前の制御が利かない。

(きれいなのは、見かけだけか?)

それがひどく腹立たしい。

自分が見るもの、感じるものが、見かけだけでしかないとは思いたくない。

内面もまた、純白の正装に似合ったものであってほしい。

もっとも、それこそ、基紀の勝手な願望でしかないのだが。

「仕事ねぇ。興味はないが話くらい聞いてやってもいい。ただし、条件があるが」

「条件……?」

売り言葉に買い言葉、二人のやりとりが、そんな様相を呈してくる。

「顔と名前を覚えるのが得意ならば、私のフルネームを言ってごらん。簡単だろう?」

言いつつユリウスは、ウイングチェアの背にゆったりともたれかかる。

「もしも私の名前を、間違えずに言うことができたら。きみの望みどおり、歓談とやらに時間を割いてやってもいい」

「あなたの名前を……?」

それは、ドイツ語の正確な発音で、という意味なのか。いや、違う。そんな単純な問題ではなさそうだ。薄く笑んだ男の口元がなにかを企んでいる。

ならば、試してみようか、と思う。

それは危険な賭《か》けだ。自分の秘密をさらけ出すような。わかっているのに、いつもなら決して乗らない挑発に、心が騒ぐ。

「正式なお名前ってことですか？」

「そうだ。普段名乗っているときには、公爵の称号を省いている。ウォルフヴァルトでは公爵《ヘルツォーク》を入れるのが正式となる。もちろんわざわざ乗り込んできたからには、それくらいは知っていると思うが」

「…………」

いちいち、棘《とげ》のある物言いをする。どうでもいいが、人前とでは態度が違いすぎる。

「わかりました。ヘルツォークを入れた正式な名前ですね」

コホン、と小さくひとつ咳《せき》をして、基紀は脳裏にその名を思い浮かべる。

アホ上司が用意してくれた資料には、欠けていた名前。

でも、なにを加えれば完璧になるか、もう基紀にはわかっている。

「いきます。ユ…ユリウス・リヒター・フリューゲン・ヘルツォーク・フォン・ヴァイスクロイツェン様」

またまた最初の一声を噛んでしまったし、最後の『様』はよけいだったが、呪文のように長い名前をなんとか言い終えた。

ユリウスの顔から居丈高な表情が消え、じわりと驚愕に目が見開かれていく。

（ああ、やっぱり……）

その瞬間、これだと基紀は確信した。『リヒター』と『フリューゲン』、そのふたつがミドルネームなのだと。

「なぜ……？」

ウイングチェアの背に呆然と身体をあずけたまま、ユリウスは短く訊いてくる。信じられないと、これはうそだと、瞬《まばた》きひとつしないピーコックグリーンの双眸が言っている。

「正解でしたか？」

問いかけると、まるで金縛りが解けたかのようにユリウスは立ち上がった。

いままで自分が見下ろしていたのに、突然、逆の立場になって、基紀はとっさに後退ろうとする。それを逃がすまじと伸びてきた手に、両腕をつかまれる。

「なぜだっ……!?」

「えーと、なんとなく当てずっぽうで……」

「ドイツ語圏の人間ならともかく、きみは日本人だ。当てずっぽうで、ふたつともを言い当てるなんてことがあるものか！」

磨き上げられた爪が、痛いほどにギリッと腕に食い込んでくる。

「どうしてわかった、その名が？」

たかが名前を言い当てただけで、この驚きようはなんなのだ。

「な、なんでそんな……？　あなたが正確な名前を言ってみろって……」

「それは誰も知らない、私の魂の名だ」

「え……？」

「古来、ウォルフヴァルトでは、名前を知られると意のままに操られると信じられていた。ゆえに騎士の家系に生まれた者は、敵に名前を知られないようにと、真実の名を隠すのだ」

「ああ……、言霊《ことだま》みたいなものですか？」

日本には、言葉には魂が宿っているという言霊信仰がある。結婚式に『別れる』とか、受験生相手に『滑《すべ》る』とか、縁起が悪いことは口にしないものだ。

名前にも言霊があり、軽々しく人に教えてはいけないと、古代では考えられていた。

それは日本だけでなく、世界のあちこちに見うけられる概念だ。

「私に名前をつけてくれた父と母は、もういない。こののち、その名を知ることになる者は、いずれ私の伴侶《はんりょ》となる相手だけだ」

「あ……」

ようやくユリウスの驚愕の理由がわかってきた。

魂の名前、敵から身を守るための名前、両親と伴侶しか知ることのない名前。

「そ、そうなんですか……」

これは、かなりまずいことを口走ってしまったのではないかと、基紀は引きつりの誤魔化《ごまか》し笑いを浮かべる。

「私はいまも騎士だ。ウォルフヴァルトを守る騎士だ。なにがあろうと、真の名を知られるわけにはいかないのだ」

たとえ迷信であろうとも、伝統ある騎士の一族の末裔《まつえい》であるユリウスにとって、それがどれほど重要なことかわからないほど、基紀は鈍感ではない。

「だ、誰にも言いません、絶対に……！」

「そんな口約束を信じろとでも？」

ギリギリと痛いほどに腕をつかむ両手より、射貫かんばかりの鋭さで基紀を捉《とら》えるピーコックグリーンの双眸が、ユリウスの激情のほどを表している。

「どうしてわかった？　誰も知るはずのない私の名を、どうやって知った？」

「い、言えません……それは……」

だが、ユリウスに秘密があるように、基紀にも秘密がある。

うかうかと口にすることなどできない、秘密が。

たった一年で公務員を辞めることになったのも、二十四にもなって恋人の一人もいないのも、実家にさえ帰ることができないのも、すべてそれゆえなのだから。

物心ついて以来、基紀の過去を昏《くら》い思い出で支配してきたもの。

そして、このさきもずっと……たぶん一生、支配され続けていくもの。

だから、他人には言わない。

特に、ユリウスのように、名前を重要なものと考える相手に、言えるはずがない。

基紀の怯《おび》えの中に、それでも揺るがぬ気持ちを見てとったのか、間近から睨《ね》めつけている男の表情が、それまでの激しさをかなぐり捨てて、冷酷の色に染まっていく。

白だ……！

すべてを凍らせる雪原の色だ。

真の名を知ったいま、基紀は、はっきりとその色を感じる。

「言わなければ、その身体に訊くまでだ」

低く響いたハスキーヴォイスの宣告を、基紀は他人事のような非現実感の中で、遠くに聞いていた。

＊

身体に訊く……てっきり拷問まがいのことをされるのかと思っていたが、それがこんな意味だったなんて。ほとんど荷物のように抱えられて寝室に運ばれた基紀は、いままさに想像もしなかった方法で、身体に訊かれている最中なのだ。

ベッドに押し倒され、シャツだけがお義理のように腕に絡まった、みっともないだけの姿をさらしたままで。

ユリウスの愛撫に反応して、息は乱れ、肌は汗を弾き、鼓動は不規則に乱舞している。

長くしなやかな中指は、すでに基紀の双丘の狭間《はざま》に深く入り込み、自在に動いては脆《もろ》いポイントを擦《こす》っている。そうして中を弄《いじ》るあいだにも、他の指は窄《すぼ》まりの周囲の柔肌をくすぐるように撫で回している。

もう一方の手は、先走りの蜜に濡《ぬ》れた基紀の性器に添えられて、根元から先端へと行き来しながら、直截《ちょくさい》な官能を生み出している。

ときには、二十四歳にしては薄い下生えを探って、ふたつのまろみを揉《も》み立てる。

そうかと思えば、いきなり亀頭部の小さな孔へと爪を立てて、強烈な刺激を送ってきたりと、緩急つけた手技で確実に基紀を追い上げていく。

(ちくしょう……!　なんで、こんなに巧《うま》いっ……)

誇れるほど、ろくなセックス経験もないが、それでもこれが極上の愛撫だとはわかる。

自分の身体なのに、ちっとも思いどおりにならない。

いまとなってはむしろユリウスの愛撫に従順に、素直すぎる反応を返している。

それが悔しい。恥ずかしい。情けない。

ユリウスが、普段からお小姓《こしょう》相手にこんな遊びをしているとは思えない。

どう見ても、女に不自由するような男じゃない。

すばらしい美貌に、高貴な身分、さらにCEOの肩書きと、世の女性が恋人に望む条件のすべてを兼ね備えた男なのだから、黙っていても女のほうから寄ってきて、至れり尽くせりしてくれることだろう。それに、いずれは伴侶を迎えるようなことを言っているくらいだから、同性愛者ということはないはずで。

もっとも、同性同士のほうが感じる場所がわかるから気持ちがいいと、なにかで聞いたか読んだかしたことはあるから、もしや、お貴族様の退廃的なお遊びとして、男を相手にすることもあるのかもしれない。

だが、どちらにしても、身分からして奉仕させる側のように思えるのに。男を感じさせるための、細やかでありながら容赦のないテクニックを、いったいどこで磨いたのか。

「あっ、そこ……やだっ……！」

特に、いま弄られた場所、男にとっては不要なものでしかない——ただ進化の名残《なごり》でしかない乳首を攻め苛《さいな》まれるのが、どうにも我慢ができない。

「……ッ……んんっ……」

熱い唇が、ねっとりと唾液に濡れた舌が、充血したようにまっ赤に色づいた尖《とが》りを、左右交互に弄《もてあそ》ぶ。吸って、嘗《な》めて、嚙んで、色の薄い乳輪を皮膚《ひふ》ごと咥《くわ》えて、さらに強く吸い上げられれば、全身の産毛を掠めながら撫でられているようなくすぐったい感覚が、寄せては引く波頭のように繰り返し押し寄せてくる。

そのたびごとに肌は鋭敏になり、快感は深まっていくばかり。

「や、やめっ……」

女相手にはされたことのなかった行為の、あまりに強烈で甘やかな官能に、基紀は知らずに胸を突き出して、もっととねだるような仕草をしていた。

「ここがいいのか？　きみの恋人は、こんなことまでしてくれるのか？」

「そっ…、こ、恋人なんて、いないっ……」

質問に答えるためではなく、延々と続く乳首への愛撫に耐えかねて、基紀は激しく首を振り、極上のダウンピローを汗に濡れた黒髪で叩く。

「ほう？　少々逞しさに欠けるが、なかなかの美男子だと思うが。日本の女性は望みが高いのか、もったいないことだ」

自分の容姿が、日本人の中でも端整と呼ばれる部類に入ることくらい、基紀だって知ってはいる。だが、それはひっそりと生きたい基紀にとって、邪魔なだけのものだった。あえて横分けにした前髪を右目にかかるほど伸ばしているのも、少しでも顔を隠したいがためだ。

他人より目立ってもいいことなんかひとつもないと、たかが二十四年の人生で思い知った。

「日本人の肌は、きめ細かくて美しいと聞いていたが、私が出会った女性達は、皆、厚化粧で感心できなかった。だが、きみは特別らしい。男なのに、この滑《なめ》らかさはどうだ」

手入れなどしたこともないし、男だから肌のことなど意識したこともなかったが、特別と感じられるなら、生まれつきのものだ。

「どちらにしろ、この肌を味わったものがそうはいないと思うと、なんだか得意な気分になってくる」

囁《ささや》きは、睦言《むつごと》のように甘い。まるで本当の恋人のように、優しい声音で、巧みな愛撫で、基紀を忘我の中へと追い込んでいく。

それでいながら、決して放出を許してはくれない。

基紀の性器の根元は、彼自身のネクタイで、きつく縛《いまし》められているのだから。

「も、もう……やめっ……」

もう何度も繰り返した懇願が、聞き届けられることはない。

どうしてユリウスの真の名を知ったのか、それを白状するまで、決して遂情《すいじょう》することもかなわぬ拷問のような快楽は続くのだ。

どれほど追い上げられようとも到達の瞬間は訪れず、興奮に張りきった性器を悪戯《いたずら》な指先に弾かれては、痛みで萎《な》えさせられる。

そしてまた、快感のぶんだけ苦痛も増すばかりの、香《かぐわ》しい愛撫がはじまるのだ。

性器に、後孔に、乳首に、全身の性感帯を虐《いじ》め尽くすまで、それは続く。

いつまでも、果てしなく。

「は、外して、それっ…！　もう……」

なんとか自力でネクタイを外そうと試みているのだが、震える指先では、結び目を無為に引っ搔くばかりだ。

「だったら、もう白状してしまいなさい。私も好きで虐めているわけじゃない」

よくも言う。

寝室に連れ込まれたとき、窓の外はまだ黄昏《たそがれ》の色だったのに、いまはもうすっかり夜のとばりに包まれて、ホテルを囲んで広がる庭園の暗闇の向こうには、都会のネオンが眩《まぶ》しいばかりに煌《きら》めいている。

少なくとも一時間は、この快楽という名の拷問が続いているのに、なにが好きでやっているわけじゃないだと、基紀は歯がみする。

「だが、これ以上、強情を張るようなら、最終的なことにおよぶしかない」

ユリウスは、後孔に埋め込んでいた指はそのままに、痛いほどに充血した乳首を解放すると、その手を、これからはじまることを見せつけるように、ゆっくりと自分の前に持っていく。

ちょうどよくフィットしたトラウザーズの前が、膨《ふく》らんでいるように見えるのは、気のせいだろうか。そうであってほしい。

「男を抱く趣味はないが、散々きみの可愛い喘《あえ》ぎを聞かされたおかげで、なにやら妙な気分になってもきたし」

だが、基紀の期待を裏切って、ユリウスはのうのうと言いつつ、ファスナーに手をかける。

その意味を理解した瞬間、ここまで耐え続けてきた基紀の根性が、ついに尽きた。

「や、やめろっ……！　い、言うからっ！」

男に犯されるのと、自分の秘密を知られるのと、どちらが恥かといえば、前者のほうが耐えられない。

「ようやく素直になったか。では、聞こう」

ファスナーにかかっていた手を、わざとらしい仕草で差し出してくる。

「その前に……なんとかしてくれ……」

「ああ、これのことか？」

いまごろ気づいたと言わんばかりに、視線をそこに向け、溢れた先走りでぐしょぐしょになった性器の裏筋を、さわりと撫でる。

「……んっ……！」

たったそれだけのことで、体内から湧き上がる耐えようもない放出感に、腰が物欲しげにびくびくと跳ねる。

「さて、ネクタイもずいぶん湿ってしまった。うまく解けるかな」

空惚《そらとぼ》ける男は、埋め込んだ指はそのままに、湿ったぶんだけ解きづらくなったネクタイを片手だけでぐいぐいと引っ張って、無理やり外そうとする。

「……っ……ううっ……！」

ただでさえ過敏になりすぎた性器をさらに締めつけられて、基紀は呻《うめ》く。

もはや、それが苦痛なのか、快感なのかさえわからない。ただ一刻も早く解放されたいと、その瞬間を渇望する唯一無比の欲求だけが、全身を支配する。

「も…、もう、だめだっ……！」

下腹部が、破裂しそうに熱い。じりじりと緩みはじめた縛めの隙間をぬって、迫《せ》り上がってくるものが、もう抑えきれない。

同時に、まだ厳然と体内にある三本の指が、それぞれ複雑に蠢《うごめ》きはじめる。すっかりとろけきった内壁を擦り、掻き回し、素早い抜き差しで基紀の脆い部分に、的確すぎる刺激を送り込んでくる。

「や、やめろっ……そこは……！」

「だが、縛めを外すのに少々手こずりそうだ。痛みで萎えたら、達することもできないぞ」

「そ、そのほうが……マシだっ……」

男の手で後孔をいたぶられたまま遂情するより、いっそ痛みに耐えきれず、萎えきってしまったほうがいい。そのほうがずっと。

「あっ、ああっ……!?」

だが、どうしてもこの男は、基紀の願いをかなえてはくれないようだ。

ようやくネクタイが緩み、だらりと下肢に垂れかかったとたん、このときとばかりに前立腺のあたりを強烈に擦られて、基紀は悲鳴じみた嬌声をあげる。

「……ッ……あっ、ああ――っ……！」

耐えに耐えていたぶん、大量の体液が一気にほとばしって、苦痛をも凌駕《りょうが》するほどの恍惚《こうこつ》感が訪れる。

拷問のような愛撫の果てに訪れた、あまりにすさまじい射精の瞬間、基紀は恐怖すら覚える愉悦の中で、ひくっと大きく喉をのけ反らせた。涙の膜越しに見たものは、まっ白な天井に煌めく水晶のシャンデリア。

灯《あか》りと暖かさを与えるそれが、まるで氷柱のように映る。白い雪原にひっそりと佇む古木の枝に絡みついた、霧氷のようだと。

（水が……）

水が欲しい、と朦朧《もうろう》とした頭の隅で思う。

火照《ほて》った肌は不快な汗にまみれ。叫びすぎた喉は、すっかり嗄《か》れ果て。

下肢にわだかまっていた熱が体液とともに放出されていく感覚は、心地よさの一方で、羞恥《しゅうち》ばかりをつのらせていく。

何度か腰を弾けさせながらの射精を終えたあとも、体液はだらだらとみっともなく漏れ続けている。いったい何年ぶんの精が溜《た》まっていたのか。

最後に自慰をしたのはいつだっけ？　とぼんやりと考えるあいだも、ぐったりとシーツに横たわった身体は余韻の痙攣《けいれん》を味わっている。

ずいぶん長い悪戯だったせいか、一度の放出ぐらいでは、皮膚の内側に溜まった熱は冷める気配もない。それがあさましさの証拠のようで、よけいに気分がめいる。

「ずいぶん出したな」

伸びてきた指先が、乱れて額に張りついた髪を掻き分ける。ひんやりとした爪のさきの感触が、やけに心地いい。

「では、話してもらおう。どうやって私の名を知った？」

涙で歪《ゆが》んでさえ、覗き込んでくる男の美貌が損なわれることはない。

美しい男だ。

そして、美しい色だ。

「言っても……信じてもらえない」

基紀は、のろのろと重い口を動かす。

どう思うだろう、この男は？

誰も基紀の前に、真実の名を隠すことはできない。偽名もペンネームも通用しない。この世に生を受けたとき、両親が愛を込めてつけた名前を的確に見定める——相手の秘密を盗み見ているようなことをしていると知れば、この男はどう思うだろう。

「信じるか信じないか、聞かなければわからない」

ごくり、と喉を鳴らし、基紀は渇ききった喉から掠れた声を絞り出す。

「僕は……名前に色が見えるんです」

それが、他人には理解できない感覚だと思い知って以来、口にしたのは初めてだ。

「なに……？」

基紀が言っていることの意味がわからないのか、ユリウスは逃げ口上では許さぬと言わんばかりの剣呑《けんのん》な眼差《まなざ》しを向けてくる。

「信じられないかもしれないけど、本当なんです。僕には、人の名前に色が見える……」

のろのろとベッドの上にしゃがみ、お義理のように肩に引っかかっていたシャツの前を掻き寄せながら、基紀は必死に言葉を探す。

基紀にとっては持って生まれた力で、決して特別なことではないから、説明するのはひどく難しい。こうして語れば、自分でも奇妙な話に思えてくる。

「そこの新聞……」

ユリウスが読んでいたのだろう、サイドテーブルの上に置かれたままの、日本の経済紙を指さす。その一面に、基紀でも知っている政治家の名がある。

「黒インクで印刷されていても、それとは別に色が見えるんです。知っている人の名前なら誰でも……あれは黄土色だ」

あまり美しいとはいえない。人はそれぞれ固有の色を持っているが、すべてが基紀の目に美しいと感じられるわけではない。

「物心ついたときから、そうでした。名前に色が見える。でも、顔を知っている人にかぎられるんですが」

「……………」

「変な話だと思うでしょう。でも、本当なんです。共感覚って、知ってますか?」

基紀が自分の持つ力を『共感覚』というものではないかと思いはじめたのは、ごく最近のことだ。流行の、クイズ形式の雑学番組でやっていたのを見てからだ。

世界には、音楽や文字に色を見る人がいるのだと。それは決して超能力のような不思議な力ではなく、医学的にも認められた力で、学者による研究もはじまっていると。

たとえば、文字に色を見る共感覚は、ひらがなの『あ・い・う・え・お』にも、それぞれの形や発音に伴った別々の色を見るらしい。

だが、基紀の力はそれとは違う。文字の形にも発音にも関係はない。同姓同名で、文字列すら同じ名前であろうと、違う人である以上、違う色が見えるのだ。

「初めて会った人の名前を知ったとき、名前に色が見えて、同時にその人にも同じ色を感じるようになるんです」

下手な説明だなと思う。自分ですらよくわからない。

基紀にとっては生まれついての感覚なのに、それを経験したことのない人に伝えるのは、こんなにも難しい。

「日本には〝名は体を表す〟という諺《ことわざ》がありますが、僕にはまさにそのとおり、個人を表す名前に、それぞれ特有の色が見えるんです」

幼いころは、それが特別な力だなんて思いもしなかったから、誰にでも平気で話したものだ。『お母さんは卵色だね』とか『お隣のケンちゃんは、戦隊レッドばかりやりたがるんだよ。自分は緑色のくせに』とか、感じることをそのまま言ってしまったせいで、両親や兄から何度となく注意された。

普通の人に見えない色の話は、するものじゃないと。

それはいけないことだ、奇妙なことだ、そう言われ続けて育てば卑屈《ひくつ》にもなる。反骨精神旺盛《おうせい》なタイプならともかく、真面目を絵に描いたような一家の末っ子となれば、親兄弟の言いぶんのほうを信じるものだ。

自分は普通じゃないと。

妙な力を持った変わり者なのだと。

だから、決して他人に知られてはいけないのだと、二十四のこの歳まで、強迫観念のように思い込んできた。それでも、たまさかに基紀の能力に気づく者はいて。そのたびごとに、基紀に向けられたのは、奇異な者を見る視線だった。

いまも、ユリウスの反応を知るのが怖くて、顔を上げることができない。

「今回のことで、僕は上司から資料をもらいました。ＳＰや随行者まで、名前や年齢や役職に写真が添付されたものを」

うつむいたまま、ぼそぼそと語る。

「僕はドイツ語はわからないんで、スペリングにカタカナで発音が書かれていて。でも、それを見た瞬間に、すべての写真に色を感じて、同時に名前にも色が見えました」

基紀の拙《つたな》い説明を黙ったまま聞いていたユリウスだったが、ややあって、驚愕や不審ではなく、納得の声で問うてきた。

「なるほど。それでギュンターとアルフォンスの見分けがついたのか？」

「は、はい……」

恐る恐る上目遣いでうかがえば、そこに、純粋な好奇心があった。

そもそもユリウスが基紀に興味を示したのは、あの二人のＳＰの名前を正確に呼んだことでだったと、思い出す。

「個人の名前と顔さえ覚えてしまえば、黒服にサングラスという見分けのつきづらいＳＰでも、それぞれに違う色を感じるから、見間違えることはないんです」

「その色は、どういうふうに見える？」

「えーと、文字は目で見ている感覚に近いんですが。人の色は、見えるというより感じるんです。

こう……額の真ん中あたりに」

基紀は、人さし指で自分の眉間を示す。

自分が感じているものをどう言えばわかってもらえるかと、近い譬《たと》えを探す。

「なんというか……熱いとか冷たいとかなら、直に触れなくても近づいただけでわかりますよね。そんなふうに、このへんに色を感じるんです」

それでも、自分が感じているものを正確に表してはいないのだが、ともかく、そうやって色込みで名前と顔を覚えた相手なら、次に会ったときからは、必ず眉間のあたりにその人の独特の色を感じとるから、すぐに思い出せるのだ。

「なるほど。名前を覚える特技の理由は、そういうことか」

ユリウスは、しばし感心したように考え込んでいたが、やがて、探るような視線で問いかけてきた。

「では、私にも色が見えるのか？」

どくん、と基紀は、緊張に身震いする。

「見えます……。でも、最初にお写真を拝見したときに違和感を覚えたんです。あなたの色はちらちらと不安定に明滅していて。なにか妙だなと……」

そう。ユリウスの名前は、最初に見たときから、なにかが違っていた。

見慣れないドイツ語の名前だからということは、関係ない。

事実、同時にもらったSP達の資料では、人物と名前の色はすぐに確認できた。どれもお初に見るスペルと発音のドイツ名だったにもかかわらずだ。

ユリウスに関しては、顔写真と名前だけでなく、生い立《お》ちから両親がいなくなった理由、現在の公国での役割に至るまで、詳細な資料が用意されていた。

それだけの情報があれば、人となりも把握できるから、本人に会ったときと同じほど明確な色を感じてもいいはずなのに、それはなぜか不明瞭だった。

「もしかして名前が違うのかもしれないと思って、ドイツの名前をあれこれ調べて、当てはめてみたんです」

「それで、見つけたのか?」

ユリウスの表情が、鋭さを増していく。

両親がいないいまとなっては、世界中の誰も知るはずのない名前、それを見抜かれてしまったのだ。気にならないわけがない。

「はい……。リヒターとフリューゲン、このふたつの名前を当てはめると、色の揺らぎがほぼなくなると気づいたんです」

「では、聞こう。私の色はなんだ?」

問われて、基紀はうつむき加減だった顔を上げる。眉間に感じる色は、基紀が名前を呼んだときから、明滅することなく、ひとつの色を示している。

「白です」

いまは自信を持って答えることができる。

「白か。なるほど、我が公爵家の象徴の色だ。ヴァイスはドイツ語で白のことだ。ヴァイスクロイツェンは、白い十字架ということだ」

「そうなんですか？」

意味は知らなかった。知ろうと知るまいと、基紀が感じる色が変わることはない。

「だが、そうなると、きみをこのまま帰すわけにはいかない」

「え……？」

「名前に色が見えるだけならともかく、その力で真実の名前を探り当てることができるとなると、きみは我が国の脅威《きょうい》となる」

「きょ、脅威って？　僕が、ですか……？」

「自分の名を当てられて、私も少々うろたえたようだ。よけいな話をしすぎた」

なにか強い決意をしたように、近づいてくる男の顔から表情が消えていく。

そこには、怒りも、疑惑も、優しさも、嘲《あざけ》りもない。

あらゆる感情の息吹を削ぎとって、ただ美しいだけの彫像になる。

「いまからきみを、私のものにする」

硬質なハスキーヴォイスの宣言とともに、伸びてきたユリウスの手に押されて、基紀は再びベッドに押し倒される。

「な、なにをっ……?」

いま、なんと言った?

――きみを、私のものにする。

すぐには計りかねる言葉の意味を、基紀はすぐにも自らの身体で味わうことになる。

ユリウスは基紀に伸しかかったまま、自らのトラウザーズの前を開く。そこから現れたものの逞しさに、基紀は目を瞠る。

「なっ――……!?」

人種的な違いだけとは、とうてい思えない雄々しく張りきったそれは、すでに頭をもたげはじめている。どうやら、基紀への拷問という名の悪戯は、本当にユリウスをその気にさせていたようだ。

「恐れることはない。きみの中はもうじゅうぶんにやわらいでいる。多少の痛みはあっても、感じることはできるはずだ」

そんなことを言われて、そうですか、とうなずけるはずがない。

「ま、待ってください! だって僕は……」

ちゃんと秘密を打ち明けたのに、どうしていきなりこんな暴挙に出るのか。

紳士であるはずの男が、貴族の誇りを持つ男が、正義を守る騎士である男が。

「あ、あなたは騎士なんでしょう？」

「そうだ。私は騎士……ウォルフヴァルトの民を守るもの。そのためには、この手を血で染めることも厭《いと》わない」

容赦なく言い放つと、ユリウスは基紀の両脚をつかみ、みっともないほど大きく開くと、双丘の狭間に隠された窄まりへと、自らの性器の先端を押し当ててくる。

「……ヒッ……！」

瞬間、想像以上の熱と堅さに、基紀はぶるっと身を震わせる。

さきほどまでの悪戯のおかげで、すっかり開いてしまった入り口を、ぐりぐりと擦る生々しい感覚が、淫蕩《いんとう》な音とともに自分が置かれた立場を思い知らせてくる。

単なる脅《おど》しでも、冗談でもない。本気でこの男は、基紀を犯そうとしている。

散々に弄られて汗に濡れた場所は、たった一度の遂情だけで、そこで得る快感のすさまじさを覚えてしまったのか、男の性器の先端を押しつけられているというのに、不快感のひとつも湧かない。それどころか、もっととせがむように、うずうずと腰を蠢かせ、出迎えの伸縮を繰り返している。

だが、それも男が腰を進めるまでのこと。

くちゅ、と濡れた音とともに、先端が入り込んできた瞬間、切り裂かれるような痛みに、基紀の全身が一気に強張《こわ》った。

「……ッ……ああっ……!?」

押し入ってくる熱塊のすさまじい存在感が、内側から基紀の矜持《きょうじ》をくじいていく。

「や、やめろぉっ……!」

むやみやたらに両手足をばたつかせ、強健な男の身体を押しのけようとするが、目の前を塞ぐ白い正装はびくともしない。基紀の精一杯の抵抗は、でも、ユリウスにとっては、両手に少々の力を込めれば押さえられるほど、些細《ささい》なものでしかない。

それが悔しい。

同じ男なのに、あまりに明確すぎる力の差が、悔しくてならない。

「ち、ちくしょう……、やめろっ……!」

掠れた訴えが、恐怖と驚愕と屈辱《くつじょく》で、喉奥に絡む。

「悪いが、やめるわけにはいかない。きみは知りすぎた。だから、私はきみを奪う」

理不尽すぎる宣言とともに、柔襞《やわひだ》を掻き分けながら、まだ本当の意味での経験のない場所に、あまりに大きすぎる凶器が本格的な侵入を開始した。

「……ッ……!?」

熱いものに、体内を満たされる。それとは対照的な、冴え冴《さ》《ざ》えとした冷酷さでもって。

「う……あぁぁ――……!」

声が……耳障りな声が聞こえる。

それがすっかり掠れきった喉から発する、自分の悲鳴なのだと、基紀は朦朧としていく意識の中で思っていた。

文字どおりまっ白にスパークした頭の中に、他の色は存在しない。

白だ……！

どこもかしこも、降りしきる雪の白だ。

遠いヨーロッパの森の中、冬ともなれば川すらも凍りつかせ、人も動物も植物も氷点下の冷気の中に封じ込め、震える身をただじっと抱き締めて春を待つもの達を試すかのように地表を覆いつくす、深い深い雪の色だ。

冬将軍は、あまりに過酷に無慈悲に、その視界に映る生きものの存在を排除する。

だが、それゆえに、いっさいの穢《けが》れを知らぬ純白なのだ。

冷酷なほど寂しく、だからこそ美しい。

それが、ユリウスという男の色なのだと、眉間だけでなく肌のすべてに、そして体内にまでも刻み込まれた夜――基紀は、自らの能力を、生まれて初めて本心から呪った。

2

どこか遠くでノックの音がする。

起きなければいけないとは思うものの、とにかく身体が怠《だる》すぎて、動くどころか瞼《まぶた》を開けるのさえおっくうだ。

「栗原様、失礼いたします。七時半になったらお起こしするようにと、ユリウス様から申しつけられておりますので。そろそろ出社のお時間ですが、お身体がつらいようでしたら、私のほうから欠勤のご連絡をしておきましょうか？」

「……え……？」

それってなんのこと？　と半眠状態で考えながら、『七時半』と『出社』と『欠勤』の三つの言葉をパズルのように並べてみたとたん、寝ぼけ頭がいきなり覚醒した。

「か、会社っ……！」

叫びながら飛び起きようとした瞬間、ズックンと腰のあたりを中心に広がった鈍痛。

（な、なんだ？　いきなりぎっくり腰か？）

慌てて手でさすり、パジャマの感触がないことに気がついた。いや、それどころか下着すら穿《は》いていない。

健康や快眠のために脱パンツを推奨している人もいるが、それが本当に有効であろうと、基紀の性格では実行する気にはとうていなれないし。

たとえ上司との飲み会で三軒はしごしようと、飲みすぎなんてしたことがないほど自制心が強いのに、いったいこれはどういうことだと、自分に声をかけてきた男のほうに顔を向けて、基紀はあっと息を呑んだ。

思い出した。ここは『グランドオーシャンシップ東京』シークレットフロアの一室で、あの男、紳士の外面に強姦魔の本性を持ったユリウスの部屋だ。

そして、窓辺の陽差しの中で朝食のテーブルセッティングをしているのは、昨日、リビングまで案内してくれた、この部屋づきの執事だ。

名前は確か、桂《かつら》と言った。優しく淡い松葉色の持ち主だ。

「あ、あの、僕の服……」

お貴族様は、ベッドで恋人とイチャつく姿を見られようとも、相手が使用人なら平気なのかもしれないが、基紀には人前に裸をさらす趣味などない。

「枕元《まくらもと》にバスローブがございますので、お使いください。着替えはのちほどお持ちします。バスの用意もしてございますが、お食事をさきになさいますか?」

昨夜この部屋でなにがあったかも、むろん承知のはずなのに、さすがシークレットフロアづきの執事、そんなことはおくびにも出さず、平静な態度で対応してくれる。

だが、枕元に置かれていたバスローブは、寝顔を間近で見られた証拠で、基紀のほうの羞恥は増すばかり。顔をまっ赤に染めながら、のろのろとバスローブを羽織る。

それだけのことが、いまの基紀にはひどく難儀だ。もともと慎重なタイプだから、なにごとも手早いほうではないのだが、こんなにのろまになったのは初めてだ。

「あ、あの、ユリウスさんは……？」

「今日は関西のほうへお出かけとか。お戻りになるのは、三日後とうかがっております」

「ああ……、そうだった」

今日から三日間は大阪《おおさか》での宿泊予定だったから、昨日、あの奇策を実行に移したのだ。

成功はしないとわかっていた。だが、あそこまで想像外の展開になるとわかっていたら、たとえクビになろうと断っていた。

いや、ユリウスの真の名前さえ口にしなければよかったのだ。どれほど基紀には奇妙に感じられようと、公に通用している名なのだから、知らんぷりをしていればよかった。

誰しも、暴かれたくない秘密のひとつやふたつは持っているものだ。そこに土足で踏み込むようなまねをすれば、傷つけたぶんだけ自分に跳ね返ってくる。

散々、経験してきたはずなのに、まだ学んでいない。

ユリウスの横柄な言動に煽《あお》られて、らしくもなく挑戦的な態度に出たあげく、うかうかと逆鱗《げきりん》に触れてしまった。

本当にうっかりと……。

「栗原様、お食事の前に、ミルクティーをいかがですか？」

鬱々《うつうつ》と悩み込んでいた基紀の前に、すいと差し出されてきた滑らかな白磁のティーカップから、心地よい香りが漂ってくる。

「いただきます」

ソーサーごと受けとって、味わえば、叫びすぎた喉を柔らかな皮膜で覆うように、優しい甘さの液体が流れ落ちていく。その心地よさに、ほっと安堵《あんど》の吐息が漏れる。

「おいしい……」

「それはようございます。身体が欲している証拠です。バスをお使いになったあと、朝食になさいませ」

「す、すみません、色々と……」

「ご遠慮なさることはありません。ユリウス様から、最高のお持てなしをするようにと、申しつかっておりますので」

「は、ははは……」

そうですか。それはそれはご親切なことで、と基紀は口元を引きつらせた基紀は、次の瞬間、怒髪天を衝《つ》く勢いで叫んだ。

「な、なにが最高のお持てなしだぁ――……！」

掠れ声もかまわずに、目の前の執事の存在はこのさい無視して、ロココの優雅に満ちた部屋いっぱいに、めったに出さない怒声を解放したのだ。

どうせここは防音完備のシークレットフロア、誰に聞こえるわけでもないのだから。


人生には、計り知れないことがある。

真面目一筋の基紀が、たった四カ月しか勤めていない百貨店を、三日も休んでしまうなんて。

その上、山下にどんな罵詈雑言《ばりぞうごん》を浴びせられるかもしれないと思うと、自分で連絡することもできず、最高のお持てなしをしてくれる執事の桂にすっかりお任せしてしまうという情けなさ。

だが、なにより最悪なのは、欠勤の理由だ。

犯《や》られすぎた場所の鈍痛がひどくて、動くこともできなかったなんて。

それでも、スケジュール厳守のユリウスが帰ってこないのはわかっていたから、この三日間、桂の世話になってのんべんだらりとすごすことができて、身体の調子はすこぶるいい。

だが、今日の午後にはあの強姦魔が戻ってくる。ここは逃げるが勝ちと、用意されていたスーツの中からいちばん安そうな——それでも基紀の一カ月分の給料より高いだろうスーツを、慰謝料としていただくことにして、ようやく出社してきたのだ。

山下になんと報告したものだろうと鬱々と考えながら、ジュエリーブランドのある五階でエレベーターを降りる。開店前とあって客の姿はない。一見、閑散としているようで、従業員達はそれぞれの持ち場で、開店の準備に追われている。

両手に商品を抱えて走る女性従業員や、忙しく行き交う台車を避けながら、奥まった場所にあるジュエリーコーナーへと向かう。

高級ブランドフロアの中でも、ひときわ目を引く『ＧＲＩＦＦＩＮ』のロゴが掲げられた入り口をくぐったとたん、ショーケースの点検をしていた山下を見つけてしまい、慌てて「おはようございます」と頭を下げる。

「ああ、おはよう。もういいのか？　過労だって。大変な仕事を任せすぎたかな」

「いいえ、せっかく任せていただいたのに、僕の力が足りなくて、本当にすみません！」

ここはとにかく謝り倒すしかないと、基紀は深々と頭を下げる。

「なにを言ってんだ。見事な成果を上げたじゃないか。これ以上を望もうなんて、さすがに無理ってもんだろう」

山下は嫌味を言うどころか、妙に機嫌のよさそうな声で、珍妙なことを口にする。

「は……？」

アホ菌がついに全身を冒《おか》しはじめたのかなと思いつつ、基紀は顔を上げる。めったに見ない山下の笑顔が、なんとも薄気味悪い。

「昨日、『LOHEN』の貿易部門の責任者から、取引の件を前向きに検討したいって、連絡が入ったんだ。黒沢社長も大喜びでね、直々にお褒めの言葉をいただいたよ。やー、きみはその場にいられなくて残念だったな」

（取引を、検討する……？）

意外な言葉に、基紀は目を瞬《しばた》かせる。

もしや、あの不埒な行いへの償いか、それとも口封じのためか。

どちらにしても、基紀のクビは繋《つな》がったということだ。

もっとも、その程度でユリウスを許す気には、さらさらなれないが。

「じゃあ……、『LOHEN』のジュエリーを提供してもらえるんですか？」

「それは、きみのこれからの頑張りにかかってるんじゃないか。きみが担当責任者となって交渉するのが、向こう様の条件だから」

「はい……？」

「さっそく今日の夕方、CEOがお時間を割いてくださるそうだ。くれぐれも失礼のないように頼むぞ。あちらはプライドの高いお貴族様だ。成功の鍵は、決して逆らわないことだからな」

ぽんぽんと基紀の肩を叩いて、上機嫌で去っていく山下の背中を呆然と見ながら、基紀は心で叫んでいた。

（いやだ……！　死んでもいやだっ！　強姦魔の担当責任者なんてーっ……！）

「来てくれて嬉しいよ。せっかく楽しい夜をすごしたのに、帰ってきたらきみがいなくて、ひどく寂しかった」

三日前、人生最大の悪夢を見せてくれた男は、例によってまっ白な衣装に身を包み、貴族の余裕たっぷりの優雅な笑みで、基紀を迎えてくれたのだ。

(うわぁ……、似合わねー。なんて歯の浮きそうなおべっかだ)

その楽しい夜とやらが、いっしょに酒でも飲んだという程度なら、笑ってうなずいてもやれるのだが、ことがことだけにどうしても口元が引きつる。

「では、基紀、こちらへ」

いつの間にか、名前を呼び捨てだし。この馴《な》れ馴《な》れしさが、なんとも怪しい。

あれで味を占めたなんてことはないと思うが、お貴族様の気まぐれで遊び半分に手を出されるのはまっぴらだと、基紀はいつでも逃げられるように一メートルほどの間隔を置いて、ユリウスのあとをついていく。

「さて、ムービングジュエリーをご所望だったな。ご覧にいれよう」

芝居がかった大仰《おおぎょう》な言いざまに呼応するように、桂が隣室へと続く扉を開ける。

「あ……?」

ロココ調の部屋の一角、テーブルやチェストの上に無造作に置かれたジュエリーケースの中に煌めく宝飾品の数々が、一瞬にして基紀の目を奪う。

いくら素人同然とはいえ、美しいものはわかる。特に、色彩には敏感なのだから。

「すごい! これ、全部……?」

ムービングジュエリーと言われても、基紀は現物を知らない。動く宝石といえば、有名なのはショパールのハッピーダイヤモンドだろう。ハートやサークルやクロス型のクリスタルサファイアガラスの小窓の中で、ダイヤモンドの粒が動き揺らめくデザインだ。

そういえば、あそこも時計メーカーだったなと思いつつ、並べられたジュエリーを眺める。凝《こ》ったデザインが多いが、一見するだけでは、どう動くのかがわからない。

「どこが動くんでしょうか?」

「置いてあるだけでは動くわけがない」

そう言いつつユリウスは、木の葉に小さなテントウ虫が止まっているデザインのネックレスを、手にとった。

そのとたん、テントウ虫がくるくると回転したのだ。羽根の部分に埋め込まれたナナホシの模様を表すダイヤモンドが、スイングに合わせてキラキラと輝く。

「あっ……! ほ、本当に動いた」

そのさまは羽根を震わせているようにも見えて、いまにも飛び立っていきそうだ。動きは、あくまでも軽やかで繊細で、まさにムービングジュエリーだと、基紀は新しい玩具《おもちゃ》を見つけた子供のように、歓喜の声をあげる。

「え？　わからない。どうしてそんなにスムーズに回転するんですか？」

「べつに、さほど複雑な機構ではないよ。時計のリューズの原理を応用してある」

「リューズ、ですか？」

訊き返しながら、基紀は自分の左腕にはめている時計に視線を落とす。亡き祖父の形見としてもらった手巻き時計だ。

手巻きは放っておくと止まってしまうし、時間合わせは面倒だしで、昨今ではすっかりクォーツ式が主流になってしまったが、毎朝リューズを巻く習慣は、真面目で几帳面な基紀の性格には合っている。

多少の手間はかかっても、半世紀ものあいだ時を刻み続けてきた時計を、基紀はいたく気に入っている。いまとなっては、家族と自分を繋ぐ唯一の絆《きずな》という意味でも。

「でも、リューズってちょっと抵抗ありますよね。こんなに軽くは回りませんよ」

「リューズはあえて重くしてあるんだ。だが、回転運動という意味では、どちらも原理は同じ。簡単な物理の法則だよ。接触面の範囲と比重と摩擦を考慮して、もっともスムーズな動きを割り出すだけのことだ」

だが、その簡単なことも、専門の時計職人がいるからこそできるのだろう。確かにこれは、宝飾品メーカーにはない技術だ。

「これ、壊れたりしないんですか？」

あまりに動きが軽やかすぎて、むしろそんな心配が頭を掠める。

「時計は一生ものと言われるほど、精密だが丈夫な機械だ。その技術を使っているのに、そう簡単に壊れるはずがない。壊れるというなら、ネックレスのチェーンのほうが、よほど簡単に切れるだろう」

「ああ……、そうですね」

本当に初歩の質問ばかりで恥ずかしくなるが、ジュエリー部門に配属されて一カ月とあれば、この程度のものだ。

「日本の時計メーカーは、こういうのは作らないんでしょうか？　精密機器の分野なら、海外に劣ってるわけじゃないのに」

「日本では無理だろう」

「どうしてですか？」

「時計や宝飾品だけでなく、陶器にしろ家具にしろ、ヨーロッパではデザイナーから職人までがそろった工房で作られる。だからこそ、デザイナーの要望を職人に伝えることもできるし、逆に、職人のアイデアをデザインに活かすこともできる」

そういえば、ウォルフヴァルト大公国では、国を挙げてジュエリー産業に力を入れていると聞いた。公営の宝石工芸専門の学校があり、卒業生の多くがヨーロッパのジュエリー業界で活躍をしていると。

「だが、日本では製作工程が一貫していない。腕のいい職人はいるのに、メーカーはデザインどおりの品を発注するだけで、あたらすばらしい才能を埋もれさせている」

なんとも耳に痛い話だが、それはジュエリー業界にかぎった話ではない。

日本のメーカーは、デザインはデザイナーに、職人にはそれを正確に作る技術だけを求めている。さらに、他人に使われるのをよしとしない一匹狼的な職人も多く、せっかくの技術が次代に受け継がれていかないという側面もある。

「その上、やっかいなことに、時計職人には、自分達は時計という精密機器を作っているというプライドがある。それが、ジュエリー製作へのネックになるのだよ」

「でも、プライドなら日本の職人だけじゃなく、『LOHEN』の職人にだってあるでしょう」

「プライドはある。それは鬱陶《うっとう》しいほどにね。だが、同時に遊び心もあるのだ。だからこそ、ジュエリー製作にも手を貸してくれるのだが、とはいえ、専門ではやってくれない。だから量産もできない」

繊細なムービングジュエリーは手作業に負うところが多く、大量生産が難しい。ゆえに、むやみに販路を拡大することもできないのだと、ユリウスは言う。

「なにも、日本を嫌って断っているわけではない。いまのところヨーロッパ市場に回すだけで、手一杯なのだよ。だが、ジュエリー専門の工房も必要と思っていたところだ。ウォルフヴァルトはヨーロッパでも有数の宝石研磨技術を持っているのだし、宝飾品はもっとも重要な輸出品でもあるからね」

「あなたは、どうして時計メーカーを？」

「簡単な理由だ。我が公爵家の亡命先がスイスだったからだよ。母方の祖母がスイスの出だったのでね」

「あ……？」

言われて、基紀は思い出した。

ウォルフヴァルト大公国は、東西ドイツが統一されるまでは、東ドイツに併合されていたのだったと。共産主義時代、富と権力を持つ貴族達は、それぞれの身内を頼って国外に亡命していたのだ。現在のグスタフ大公もオーストリアに亡命していたと、資料にあった。

千五百年の歴史を持つ国――だが、立憲君主国として独立したのは、ほんの二十年ほど前でしかない。ベルリンの壁が崩壊した翌年、一九九〇年のことだ。

「ウォルフヴァルトの歴史は、戦いの歴史だ。小国ゆえに、常に周辺国からの脅威にさらされてきた。そして、うちには自然の脅威が待っている。冬になればすべてが凍る。森も、川も、草原も、すべてが白一色に染まる」

白……それはユリウスの色だ。

いまも基紀が眉間に感じる、美しい色だ。

そもそも基紀が見る、人の名前に、白や黒はほとんどない。黒に至っては皆無と言っても過言ではない。たぶん、基紀は人物の性格に伴った色を見ているのだろうと、長年の経験からわかるようになった。

名前に白や黒の色が見えないのは、心底からの悪人もいなければ、まったく穢れのない人間もいないからだと——それは天使や悪魔の領域に入る色で、この世に生きる人間にはありえない色なのだと思っていた。

だが、違った。

ここにいる。目の前にいる。

純白の色を放つ男が、厳然と存在していた。

「きみは、私の名を調べたと言ったな。実際にはどうやったのだ?」

基紀の心を読んだかのように、ユリウスが問いかけてくる。

「最初は、偶然だったんです」

もらった資料でユリウスの写真と名前を確認したとき、ちらちらと不安定に現れては消える白が、ひどく気になった。

外国人にはミドルネームとか洗礼名とか、日本人にはない様々な名前がある。

アホの山下が、中途はんぱな資料を作ったのだろうと思った。

なにが足りないのかと、資料をテーブルに並べてユリウスの名前を唱えながら考え込んでいたとき、重なっていた書類の文字が目に飛び込んできた。

Richter《リヒター》……ドイツ語圏では比較的多い名前だ。ユリウスの随行者の中にも二人ほどこの姓の者がいて、その部分だけが上に置かれた書類の脇《わき》に見えていたのだ。

とはいえ、フルネームではない以上、基紀の目には他の単語同様に、黒地で印字されたものとしか映らないはずなのに、なぜか、その名にはうっすらと色を感じたのだ。

はっきりと見えるものではない。うっかりすると見すごしそうなほど微《かす》かな光——果てしなく白に近い色のイメージが、まるでなにかの暗示のように。

そのとき呟《つぶや》いていたユリウスの名前と、どこか共通のものを感じて、ちょっとした好奇心で、ユリウスの名前にリヒターという文字を当てはめてみたのだ。すぐにぴったりとはまる位置がわかった。フォンの前に置くのがいちばんいいと、自分の感覚が訴えた。

なのに、まだなにかが足りない。

まだこれでは不明瞭だ。不安定だ。

そのわずかな揺らぎがどうにも不快で、少々意地になってしまったと、基紀は告白する。

「ネットで、ドイツ語をあつかっているサイトを探したんです。ドイツの名前が使われているゲームとかも多いから、印象的な単語を紹介してるサイトもあって……」

ユリウスの顔を脳裏に思い浮かべ、その名を呪文のように唱えながら、ネットの海を探しているとき、ひとつの単語に意識が引き寄せられた。

それが『飛ぶ』という意味の fliegen《フリューゲン》だった。なんとなくだが、白を感じたのだ。

「当てはめてみたら、より明確な色が見えて、でも、それでもなにか足りない気がして。そこで根性が尽きたんですが、最後のヒントはあなたがくれました。公爵を入れろと教えてくれましたよね」

「ああ……」

「それで、完璧な名前がわかったんです」

ユリウス・リヒター・フリューゲン・ヘルツォーク・フォン・ヴァイスクロイツェン。

頭の中で唱えたとたん、これだ！　と直感した。これこそが完璧な形なのだと。

その瞬間に、ユリウス本人から感じていた色の揺らぎもなくなった。まさしく、それがユリウスの本名で、ユリウスの持つ色なのだと、基紀にはわかった。

それは、初めて見た純白の名前だった。

目の覚めるような白、いっさいの穢れを排除した色。だから、よけいにムキになったのかもしれない。こんなに美しい色を持ちながら、裏表のある態度はなんなのだと。

普段なら、波風立てずにすませるところを、初めて見つけた白だったからこそ、売り言葉に買い言葉で、自分が探し当てた名前を口にしてしまった。

それがユリウスにとって、誰にも告げたことのない絶対の秘密だとも知らずに。

（俺の態度も悪かったよな。勝手に純白のイメージを押しつけて、勝手に憤《いきどお》って……）

だからといって、強姦はないだろうとは思うものの、こうして『ＬＯＨＥＮ』の担当責任者に指名して、基紀の顔を立てようとしてくれるのだから、手打ちにしようかと考えていたとき、先手をとってユリウスが口を開いた。

「あの夜、私は紳士としてあるまじきことをしたと思っていたが、それがきみの力なら、やはり私の選択は正しかった」

「は……？」

正しかった？　なにが？　基紀を犯したことが正しい行いだと、そう言うのか。

「きみの目……秘密の名前を探り当ててしまうその力は、我が国の脅威となる」

せっかく和解しようと思っていたのに、ユリウスの声に、後ろめたさはかけらもない。

「あのとき、私は焦るあまり、少々しゃべりすぎた。本来、真の名があること自体、秘密にしておくべきだったのに……、私のミスでしかないが、後悔にはなんの意味もない」

のうのうと言いつつ、並んだジュエリーの中から、ひとつの指輪を手にとる。

「これをきみに贈ろう。受けとってくれ」

示談金代わりのつもりなのか、プラチナの地金に三連のダイヤモンドが配された、シンプルなデザインは、男の基紀がはめてもさほど浮かないだろう。

「そ、そんなもの……」

いりません、と発する前に、ユリウスのハスキーヴォイスに遮られる。

「これもムービングジュエリーだ。ダイヤモンドがスイングする」

「え…?」

スイングするダイヤモンドと聞いて、ついつい興味がそちらに向かってしまった。

ネックレスならまだわかるが、指輪のどこがスイングするというのか。

「中央のダイヤモンドは1カラット。左右のは0・3カラット。それを世界最高峰のカット技術で、トリプルエクセレント《3EX》のハート&キューピッドに仕上げた」

「ハート&キューピッド……って!?」

最高のカットグレードであるトリプルエクセレントの中でも、プロポーションとシンメトリーに優れたダイヤモンドのみに現れる八個のハート模様と八本の矢——特殊なスコープで覗くことによって、裏側からは八個のハートが、表面からは八本の矢じり模様が、中心から外側に向かっているのが見える。

ハートを射貫くキューピッドの矢になぞらえてハート&キューピッドと呼ばれているそれは、ロマンチックな模様ゆえにエンゲージリング用として人気を呼んでいると、研修で習った。

1カラットの3EXのハート&キューピッドとなると、値段は桁《けた》違いに跳ね上がる。

「こ、これ、いったいいくらなんです?」

「値段など、あってなきがごとしだ」

ユリウスは基紀の左手をとると、ダイヤモンドを煌めかせる指輪を、うやうやしい仕草で薬指にはめてくれる。

それを目の前にかざそうとしたとたん、三粒のダイヤモンドが軽やかに揺らめき、シャンデリアの光を反射して輝いた。

「ほ、本当にスイングした！」

驚きのあまり、さっきまでの怒りが、一気に吹き飛んだ。

「どうやって留めてあるんですか？　爪留めのはずはないし……」

「簡単なことだ。ダイヤの両端にレーザーで小さな穴を空けて、そこに金具を通してある。レーザーが宝飾の微細加工に使われるようになったおかげだ。もっとも硬い物質であるダイヤの細工はダイヤを使ってしかできなかった時代には、絶対にできなかった技だ」

「レーザーで……ダイヤに穴を空ける？」

「職人は泣いていたよ。せっかくの３ＥＸダイヤモンドをあえて傷物にするなど、あまりに無謀すぎるとね」

「あ……!?」

スイングさせればより細やかな煌めきを得られるが、レーザーで穴を空けることによってダイヤモンド自体は傷物となり、一気に価値は下がる。

だからこそ、値段はあってなきがごとしと、ユリウスは言ったのだ。

「スイングの美しさを出すために、あえて石そのものの価値を下げる。ある意味、これほど野蛮《やばん》で贅沢《ぜいたく》なダイヤモンドの使い方はないだろう」

「あ、あなたって……!?」

「私は紳士である以前に騎士だ。戦う者だ。傷こそ栄誉の印なのだよ」

なんという豪胆さ。なんという潔さ。

だが、なんという奔放《ほんぽう》さ。

よくもぬけぬけと紳士のふりなどしていたものだ。

「で、でも、芸術品としての価値はむしろ上がると思います。世界にふたつとないものでしょう。こんな高価なもの、いただけません」

「これはエンゲージリングだ。お気に召さないなら、希望のものを作らせるが」

「は……？」

「きみは私の真の名を知ってしまった。こののち、その名を知る者は私の伴侶となる相手だけ、と言ったはずだが、忘れたのか？」

ユリウスは、エンゲージリングを煌めかせる基紀の左手をとって、うっとりとその甲に口づける。まさに、中世の騎士が、憧れの姫君に贈るように。

「あのぉ……？」

だが、基紀には、ユリウスの言動の意味がわからない。

エンゲージリングってなんですか？　伴侶って、冗談にしても寒すぎです。

あはは……と笑おうとしても、なんだか妙に抗い難いロマンティックな雰囲気が漂っていて、知らずに唇の端が引きつってしまう。

「これできみは私のものだ。あの夜のことも、婚前交渉と思えば許せるだろう？」

目の前で、金髪を輝かせ、ピーコックグリーンの瞳が笑む。それはそれは嬉しそうに。

まさに、お貴族様の優雅さで基紀の手を撫でながら、ユリウスはさらに耳を疑うような言葉を告げたのだ。

基紀の概念では、一生かかっても理解できないだろうことを。

「さて、結婚式はいつにしよう？」

3

めいっぱい不服そうな山下の声が、基紀をなじっている。

「まったく『ＬＯＨＥＮ《ローエン》』のＣＥＯはなにを考えているんだ？　きみを担当責任者につけたのは、契約にこぎつけるまでのことと思っていたのに。本契約後も、きみの立場をそのままでという条件をつけてくるなんて」

なにを訊かれようと、基紀にわかるわけがない。

いきなり求婚などしてくる男の思考など、まったく理解不能だ。

——さて、結婚式はいつにしよう？

どこをどう捻れば、あんな発想が出てくるのか。あまりに想像外で、これ以上はつきあえないと、そのまま一八〇度回れ右して、挨拶《あいさつ》もせずに部屋を飛び出してきてしまった。

無礼者と思われようがかまわない。お役ご免になったほうが、いっそ清々《せいせい》する。

一晩考えて、そう開き直って出社してきたのに、いきなり聞かされた契約後の条件が、基紀を正式に『ＬＯＨＥＮ』の担当責任者にしろという、さらなる無謀な要求だった。

「この部署に配属されてまだ一カ月の、ずぶの素人ってことも知っているのに、よくまあ無茶を言ってくるものだ」

それには同感だ。実質的な仕事となれば、石の品質ひとつ、価格ひとつ、基紀には見極められはしないのだから。

絶対に通らない要求を突きつけてくること自体、基紀に執着しているというより、逃げたことへの報復のような気がしてくる。

プライドだけは無駄に高いお貴族様だから、言うままにならないなら、担当にして、いびってやろうという腹積もりかもしれない。

（なぜ、俺が、こんなめに……？）

妙な力を持ってはいるが、他人様に迷惑をかけたことなど、そうはない。

幼稚園のとき、ひまわり組の中でもいちばん身体の大きな鈴木裕太《すずきゆうた》くんに、『ゆうたくんはとってもきれいなピンク色なんだね』と正直に告げたおかげで、目の敵《かたき》にされ、卒園するまで虐められ続けた。

それを教訓にして、親兄弟が言うように、自分は変わり者なのだから、決して人や名前に見る色のことは言わないでおこうと決めて以来、本当にひっそりと身を隠すように生きてきた。

せっかく公務員に採用されて、文化財保護課などという実に地味臭い部署に配属されたにもかかわらず、結局は辞めることになってしまったのも、あの力のせいだった。

たびたび課を訪れて、この街の生き字引と自負しては滔々《とうとう》と郷土史を語ってくれた、人のよさそうなお爺《じい》さんが――名前を北里聡一《きたさとそういち》といったのだが、基紀の目にはなんの色も見えなくて、一目で偽名だとわかってしまった。

本名さえ名乗らない人の話をどこまで信じていいのかもわからなくなって、公務員である以上、うその話に延々とつきあっていたら給料泥棒になってしまうと、考えあぐねたあげくの辞職だったのだ。

人はどうして、あんな無意味なうそをつくのか——基紀にはわからない。

初対面の相手に自己紹介されて、まるで色が見えないことがあるたびに、不信感に苛まれながらも、顔では笑って我慢してきた。

人の秘密を盗み見る、自分のほうがいけないのだと言い聞かせて。

そうやって、周囲に害をおよぼさないように生きてきたはずなのに、本当に久々の失敗が、こんな結果をもたらすなんて。

「おまえ、『ＬＯＨＥＮ』のＣＥＯに懸想でもされてるのか?」

冗談にしても悪趣味なセリフに、他の従業員達の、お気の毒とばかりのクスクス笑いが聞こえてくる。とはいえ、なまじ見当違いでもないだけに、基紀は冷や汗ものだ。

犯されたのはこっちだ。相手は外交特権を持っているから、訴えても無駄だが、怒っていいくらいの権利はあるはずなのに、なぜ衆目の中で笑い者にならなければならないのか。

「とはいえ、『ＬＯＨＥＮ』との契約は、社長命令だから、拒否するわけにもいかない」

開店五分前のアナウンスが流れて、山下は思いきり不満げな吐息を落としつつも、ようよう話を切りあげにかかる。

「部長とも相談したんだが、それが向こうの条件となれば呑むしかない。実務に関してはむろん専門のスタッフをつけるが、名前だけでもきみを担当責任者に残すことにした」

「ぼ、僕が、ずっと責任者を……？」

「ああ。せいぜいご機嫌とりをしてくれ」

冗談じゃない！　あんな理解不能な相手に、もう二度と会いたくない。

なのに、左の薬指には、ユリウスから贈られたエンゲージリングが、いまも燦然《さんぜん》と輝いている。

何度も外そうとしたが、どうしても抜けないのだ。

どれほど会いたくなくても、指輪だけは返しにいかなければならない。

ついでに、なんの得にもならない名前だけの責任者など門外漢の自分には無理だからと、直談判するしかないのだろうかと、鬱々と考えていたのに。

「まあ、部下を持つからには、『ＬＯＨＥＮ』の担当主任という肩書きもつくし、当然だが給料も大幅アップする」

なにやら風向きが変わってきた。

「……主任、ですか？」

「まあ、呼び名なんぞなんでもいいが。中途採用四カ月めで主任なんて、まずありえない大出世なんだ。文句はなかろう」

「…………!?」

どうする、俺？　と基紀は心で思う。

ここでうなずいたら、もう逃げられない。

とはいえ、昇給つきの棚ぼた主任の地位を放り出して、就職難の嵐の中へと戻っていくのは、あまりに早計。

こうなれば、なんとかユリウスに理解してもらうしかない。エイリアンでもなし、あれだけ日本語が達者なのだから、かならず意思の疎通は図れるはずと、何気に不安を感じつつも、基紀は決意するのだった。


異文化交流は、実に難しい。

「日本ではゲイ婚は許されないし、僕は同性愛者でもないし。それに、女性にもあまり興味がないし。他人には理解し難い力がある以上、独りで生きていく覚悟をしてるんです」

「私も同性愛者ではないし、いずれは女性と結婚して公爵家を継ぐ息子をもうけるつもりでいた。だが、ウォルフヴァルトは同性婚が許されているし、きみの力のことも理解しているし、独りで生きていくなどと寂しいことをいう人を放っておけないほどに、騎士の精神に溢れている」

ユリウスの日本語は、実に流暢《りゅうちょう》だ。

ある意味、イマドキの日本の若者より、よほど正しい日本語を操っている。だが、どうやら言葉だけでは文化の違いは補えないものらしいと、基紀はつくづく思い知らされていた。

「それにきみも、まんざらいやというばかりではなかろう。男相手は初めてと言いながら、その最初の夜に、悶絶《もんぜつ》失神したのだから」

遙《はる》かに都心のイルミネーションを見渡せるリビングで、基紀を誘って夕餉《ゆうげ》のテーブルにつきながら、そばには配膳をする桂がいるのにもかかわらず、ユリウスはとんでもないことを平気で言い出す。

「あ、あれは、悶絶なんか……。ただ、力尽きただけです」

基紀は、声を落として反論する。

「なるほど。その細さでは、体力不足は否めないか。では、私が妥協しよう。繋がることがすべてではない。口淫や手淫でも、じゅうぶんに感じることはできる」

その瞬間、マナーもなにも知ったことかと、カトラリーを握った両手をドンとテーブルに叩きつけていた。

「そ、そーゆー問題じゃないでしょう！」

基紀の怒鳴り声を聞きつけて、機転を利かせた桂が背後のドアから出ていったのを気配だけで感じながら、ああー、と肩を落とす。

なぜ、こうまで話が噛みあわないのだ。

これがカルチャーショックなるものか。

「なんで、わかってくれないんですか？」

「だって、きみ、ちゃんと私があげたエンゲージリングをしてるじゃないか」

ユリウスは手に持ったフォークで、基紀の左手の薬指を示す。

「これ、外れないんですよ……。石鹸《せっけん》つけたりとか、あれこれためしたんだけど、びくともしなくて……。まさか、一度はめたら抜けなくなるような構造とか？」

「なにをバカなことを。抜けないのは、外したくないという、きみの潜在意識がなせる業だ。無意識の願望だよ。やはりきみと私は、伴侶になる運命らしい」

「絶対に違いますっ！」

単に、あんまり高価なものすぎて手荒にあつかえないだけだ。いざとなれば、宝飾店勤めなのだからリングカッターくらいある。とはいえ、ユリウスが言ったように、すさまじく野蛮で贅沢な指輪ゆえに、たぶん他にはないはずで、それを切るほどの度胸はさすがに基紀にはない。

だからといって、ユリウスの気持ちを受け入れたわけではない。

それ以前に、ユリウスには気持ち自体がない。

基紀を欲しがるのは、自分の秘密を守りたいがため——その身勝手さが許せない。

「あなたの秘密は守ります。決して他言したりしませんから」

「私だけのことではない。ウォルフヴァルトには、真の名を持つ有力者も多いはず。やろうと思えば、きみはそのすべてを探ることができるのだろう？」

「やりません、そんな面倒なこと。だいたい、やったのもこれが初めてで…。まさか自分の力がこんなふうに使えるとは思っていなかったんですから」

「だが、できるとわかれば、もっとやってみたくなるのが人間というものだ。それに、きみは、自分の力を卑下《ひげ》しているようでいて、決して消えてほしいとは思っていないはず」

「――――…!?」

「きみの言う、共感覚とやらについて調べてみた。赤ん坊は誰もが持っている力で、成長するとともに五感が区別されて、失われていくという説があるらしいな。でも、きみは厳然とその力を持ち続けている。それはきみが、失うまいとしてきたからじゃないのか？」

なんと察しがいいのか、と基紀は息を呑む。

人は、外見以上に様々な色を持っている。たとえば、凶悪犯だからといって、濁った色というわけではない。美しい個性を持っているのにどこかで道を間違えてしまったのだと、基紀はその色を見ただけでわかる。

逆に、誠実そうな顔をしながらうそをついていることも、わかってしまう。

人間という生きものの、美しさも、醜さも、ありのままの姿を見せてくれる、この力を失いたいなどと思うはずがない。

「自分の力を嫌ってはいないのだろう?」

本当にいやな男だ。人を見抜く目がありすぎる。

その明晰《めいせき》な頭脳と分析力があれば、こちらの言いぶんくらい即座に理解できてよさそうなものなのにと、苦々しく思いつつ見るさきに感じる色は、白だ。

前例がないから、どんな特性や人柄を表すのか、判断がつかない。

「私ときみは、似たもの同士だ。同じように、名前にまつわる秘密を持ち、それを知っているのはお互いだけ。なにより、身体の相性は最高にいいのだから」

だが、欲望に忠実だということは、よくわかった。ある意味、素直なのだろうが。

もっとも、それがいちばんの問題なのだ。

「でも……あ、愛がないでしょう?」

自分でも白々しいと思いつつ、問う。

「愛? きみにはあるのか、私への愛が?」

「ありません、これっぽっちも!」

「では、お互い様ではないか。愛以外のすべての利害関係が一致する。これほどの相手がどこにいる?」

本当に、ああ言えばこう言う。

だが、その利害の一致が、いちばんの問題なのだ。

絶対に口にするつもりはないが、身体の相性がいいのは確かだろう。あれは本当に初めての経験だったし、最初はすさまじく苦しかったのに、途中から自分でもおかしいと思うほど感じてしまって、ユリウスが言うように恍惚の中で意識を飛ばしたのだ。

あんな場所に男の性器を受け止めて、何度もイカされて、それがいままで経験したどんなセックスよりもよかったなんて、口が裂けても言えるはずがない。

あのあと三日も呆然とすごしてしまったのは、単に身体が怠かったからだけではない。男に抱かれて感じてしまった事実に、めいっぱい落ち込んでいたのだ。ずっと自分は淡白なのだと思っていた。真面目気質も手伝って、性的な興味も薄いのだろうと。

でも、違った。

女だから感じなかったのだ。

抱くのと、抱かれるのでは、あれほどに違うのだと、それがわかってしまった以上、よけいにうなずくことはできない。利害だけで関係を続ければ、必ず後悔する。

律儀になんでも深刻に考えるぶんだけ、きっと基紀のほうがつらくなる。

だから、断固として拒否するしかない。

「いちばん大事なのは、愛です！」

「それは違う。いちばんは公国であり、民であり、騎士としての義務だ」

「じゃあ、その義務とやらに忠実に生きてください。どうぞご勝手にっ！」

「その義務として、きみを野放しにできないのだと、さっきから言っている」

「あぁぁぁー！　もーっ……！」

どうしたら妥協点が見つかるのだと、基紀はぐしゃぐしゃと頭を掻く。

「なんで、わかってくれないんです？　僕には同性と結婚する気は、これっぽっちもないって、すごく単純な理由でしょう」

「だから、私と結婚すれば、きみの気持ちを変えさせてみせると言っているのだ」

「その自信はどこから出てくるんです？」

「私がウォルフヴァルトの騎士だからだ」

「……だ、だめだぁ」

がっくりと基紀は肩を落とした。

こういう根拠のない自信を持つ相手ほど、始末に悪いものはない。

理解不能と思っていたが、少なくとも、どれほど説得しようがユリウスが折れてくれることはないと、それだけはわかった。

「もう、帰ります……。これ以上は無駄だ。歩み寄りはできなさそうだし」

これ以上、話を続けても疲れるだけと、基紀はナプキンをテーブルに置いて、ふらりと立ち上がる。ユリウスの脇を通り過ぎようとしたとき、腕をつかまれて、引き戻される。

「なにが無駄だ。試しもせず」

「え……？」

気がついたときには、ユリウスの腕に抱き締められて、唐突な口づけを受けていた。

すぐにも歯列を割って躍り込んできた舌の強引さに、目を瞠ったものの、感じやすい口腔内の粘膜をゆるりと愛撫するように掻き回されて、抗う力が一気に失せていく。

エキゾチックなウッドノートのフレグランスが、媚薬《びやく》のように基紀の鼻腔をくすぐる。

舌を甘噛みされ、じんと痺れたうなじに長い指が触れてくる。そのくすぐったい仕草に、足元がおぼつかなくなってくる。

徐々に息が荒くなり、普段は意識もしない鼓動が、身のうちで響きはじめる。

執拗《しつよう》に舌を吸われ、痛みと紙一重の快感をたっぷりと味わわされて、さらに喉奥までも犯されるように突かれたとたん、ついにがくんと膝《ひざ》が崩れて、唇が離れる。

逞しい腕に抱き留められたまま、基紀は呆然と自分を貪《むさぼ》った男の顔を見上げる。

「なに…を……？」

強姦されたあの夜でさえ、唇へのキスはなかった。ユリウスにとってあの行為は、基紀を所有するための、もっとも手近な方法でしかなかったから。

「愛しあえる可能性を探っている」

でも、いまは違う。理由はどうであろうと、基紀を伴侶とすると決め、エンゲージリングを贈り、具体的に結婚式の日時までも考えはじめた以上、大事な人にふさわしいあつかいをするということなのだろうか。

「試してみないか、もう一度。このあいだのように力で封じたりはしない。とろけるほど優しくしてあげよう」

誘うように見下ろしてくる瞳に、気持ちもなにも持っていかれそうな錯覚に陥る。

こんな美しい顔に間近から覗き込まれて、鼓膜をゾクッと震わせる甘やかなハスキーヴォイスに、夢のような睦言を囁かれて、どうして平常心など保っていられるだろう。

一度は抱かれて、自分の身のうちに、信じられないほどの快感を注ぎ込まれた以上。

「ぼ、僕、帰らないと……!」

これ以上そばにいてはだめだと、慌てて基紀は、目の前にある白い礼服の胸を押し返す。

「帰る? そうか、もしやきみは、ご両親と同居しているのか?」

「え……?」

「私は、肝心なことを忘れていた。きみにはご家族がいたのだな。日本で同性婚となると、やはり家族の理解を得られないのか?」

「それは……」

なんとも明後日な勘違いで、基紀さえも失念していた親の反対という最強の障害を、ユリウスのほうから持ち出すとは。ここで、うなずけばいいのだ。両親や兄が反対するからと、そう言えば、たぶんユリウスは無理強《じ》いはしない。しないと思うが……。

「僕は……一人暮らしです。家族はどのみち、僕がなにをしようと喜ばない。両親も兄も、僕の力を気味悪がっているから」

なのに、わざわざ絶好のチャンスを自らふいにしてしまうのは、家族のことでユリウスにうそをつきたくないからだ。

「そうなのか？　だが、ご家族がご健在なら、幸運と思わなければ。私には、両親のために参る墓さえないのだから」

ユリウスには両親がいない。死別ではなく行方不明なのだと、資料の中にあったのを見たとき、いたたまれない気持ちになった。

「消息不明になって、もう二十年以上……私はまだ十一歳だった」

一九八九年……まさにベルリンの壁が崩壊したその年に、ユリウスの両親は行方不明になっている。それが世界が揺れ動いたあの時代におきた様々な出来事と無縁とは、とうてい思えない。

「ドイツ語でリヒターは『裁く者』、フリューゲンは『飛ぶ』。この背に翼があれば、両親を捜しに飛んでいけるのにと、子供ながらに思ったものだ」

言葉の端々に、幼かったユリウスの無念さと無力感が覗く。

とはいえ、事情を問うことはできない。ただでさえ基紀はユリウスの秘密を知りすぎているのだ。これ以上、ずけずけと踏み込むことなどできはしない。

「きみが私の名前を呼んだとき、知られたことにも驚いたが、二十年以上のときをへて私を呼んだ声の美しさに、もっと驚いた」

リヒター・フリューゲン……その名でユリウスを呼んだことがあるのは、父親と母親だけ。

それこそが真実の名なのに、いまは誰も呼ぶ者はいない。

「もう一度、私の名を呼んでくれまいか？」

唱《うた》うように、ユリウスが甘く懇願する。

「聞かせてほしい、私の名を」

その願いを無下にできるほど、基紀は残酷にはなれない。

「……ユリウス・リヒター・フリューゲン」

呼んだ瞬間、いつもユリウスを見るたびに眉間に感じる色が、いっそう輝きを増した。

なんて美しい白だ。

ユリウスの容姿に似合いすぎた色だ。

「もう一度……」

「ユリウス・リヒター・フリューゲン」

呼びながら、基紀は両手でユリウスの金髪を掻き抱く。子供だったユリウスの髪を梳《す》きながら、
そうやって名前を呼んでくれた人達の、せめてもの代わりに。

「私の名を呼ぶ、その声、その唇……それだけで特別なものに思えてくる」

これは、同情だ。

名前を呼ぶのも、抱き締めるのも、ユリウスの気持ちに応えているからではない。

人は誰だって、寂しい子供を放っておけない。それと同じ感情だ。決して恋ではない。

「きみの中に入りたい、いま……」

なのに、耳朶《じだ》に押しつけられた唇で、そんなことを望んでくるのは、狡《ずる》い。

こんな状況で望まれたら、間近にあるピーコックグリーンの、いまはやけに切なげな色が胸に染みるようで、断れなくなる。

「いやなら、そう言ってくれ」

訊かれても、基紀には答えられない。

それが同情でも、感傷でも、抱き締める腕を放したくないと思ってしまったから、返事の代わりに目を閉じる。

再び重なってきた唇の貪るような激しさに心まで持っていかれて、いつの間にか基紀は、自らも夢中で舌を絡ませていた。


ユリウス・リヒター・フリューゲン……魂の名前を持つ男は、また、均整のとれた裸体に、鋼《はがね》の強さの筋肉と、滑らかな肌の持ち主だった。

とはいえ、ただ美しいというだけではない。傷は騎士の誇りだと言っていたが、背中と左の胸に、見ただけで命にかかわりそうな傷痕《きずあと》が刻まれている。

ＳＰに守られているのも、シークレットフロアに身を隠しているのも、本当に何度も命を狙われているからなのだ。

ウォルフヴァルトの公爵……王家の血を引く者はそれほど危険な立場にいるのかと、その傷を見た瞬間、必死に驚愕を抑え込んだものの、胸はひどく騒いでしまった。

天蓋《てんがい》つきのベッドの上で、一糸まとわぬ姿で、これほどの男に望まれているのが、まるで夢のように思えてくる。いや、本当に夢なのかもしれない。

そうでもなければ、羞恥のあまり逃げ出したくなるはずだ。

自分の性器が、延々とねっとりとした感触に包まれている。下を見るたびに、すっかり剝《む》き出しになった両脚のあいだに揺れる金髪が目に入り、すさまじい羞恥が基紀を襲う。

（し、信じられない……）

ユリウスのあの上品で形よい唇が、自分のものを咥えているなんて。

亀頭部を吸う一方で、しなやかな指は幹に添って先端から根元へとしごき、さらにそのさきにある蜜袋まで丹念に揉み立てている。

もう一方の手は双丘のあいだを蠢いて、柔らかな窄まりの周囲の皮膚だけでなく、その中心までも押し入ってきて、断続的な刺激を与えてくるから、淫らに揺れる腰が止まらない。

ひくひくと震え、ときにシーツから浮き上がるほどに跳ねて、直截すぎる快感の深さを示している。それを確かに感じているはずなのに、ユリウスの唇は性器だけでなく、二人が繫がる場所にまでも遠慮なく這い回っていく。

「だ、ダメ、そんな、汚いから……」

頭に両手を添え、なんとかやめさせようとするものの、絹のように滑らかな金髪を乱暴に引っ張ることもできず、無為にくしゃくしゃと掻き回して、遊んでいるだけだ。

「優しくしてあげると言ったはず。ここは。特に丁寧に……」

言いながら、ちゅっちゅっと濡れた音まで聞かせてくれるから、羞恥は増すばかり。鼓動は速まり、肌はしっとりと汗ばみ、吐息は乱れ、しゃくり上げるたびに媚《こ》びた嗚咽《おえつ》が漏れていく。

「んっ……、ああっ……」

すっかり昂《たか》ぶった性器はぴくぴくと引きつっては、鈴口から悦《よろこ》びの涙のような体液を溢れさせ、握り込んでいるユリウスの指までも濡らしていく。

「我慢するのはやめなさい。きみの身体は口より素直だ。性器も、中も……」

埋め込んだ指で前立腺のあたりを執拗に擦られて、あっあっ、と切れ切れに飛び出した喘ぎは、淫らに艶《つや》めいている。

「もっと欲しいって、私の指を締めつけている。ほら、嬉しそうに襞が窄まっていく」

「い、言うなっ……」

「どうして？　こんなに可愛いのに、きみのここは……」

二本の指で開かれたそこを、ねっとりと熱を持ったものが撫で回す。散々指でなぶられて敏感になった粘膜を直に舌先で探られる。そのあまりに直截な感触に耐えかねて、基紀は大きく背をたわませる。

「ひ……、ああっ――……!?」

のけ反った喉から飛び出して、白い寝室に散らばっていくのは、愉悦の悲鳴だ。

抱え上げられた双丘は身悶《みもだ》え、両脚はユリウスの行為を手伝おうと勝手に広がり、もっと奥へと誘っている。

これほどの痴態《ちたい》をさらしては、もう言い訳もできない。

好きなのだ、そこを弄られるのが。だが、本当に欲しいものは、もっと太くて逞しいものだと、まだ寂しいままの最奥までもが身悶えている。

一刻も早く満たしてほしいと、前戯だけでは物足りなくなった身体が焦《じ》れる。

「そんなに腰を振って……私を誘っているのかな？　いけない人だ」

ちゅっと銀糸を引きながら、そこを解放して、ユリウスが上目遣いに問いかけてくる。

「あっ、違っ……、勝手にっ……」

「勝手にひくついてるようだね？　なんて物欲しげなんだ」

確かめるように、ぐりっと大きく指を回転させられて、基紀は悲鳴じみた嬌声をあげる。

「ああ、本当に貪欲《どんよく》な穴だ。では、望みをかなえてあげないと、かわいそうだね」

聞いているだけで、うずうずと肌がざわめくようなことを言いながら、ユリウスは基紀の両脚を大きく割り開き、自らの肩へと高々と持ち上げる。

「あっ……？」

一瞬浮いた尻《しり》の下にすかさず枕を差し込まれ、みっともないほど両脚を広げられてしまっては、ひくつく秘孔をもう隠すこともできない。

いやと言うほど見られているのに、いまさらながら羞恥がこみ上げてくるのは、これが前戯ではなく、繋がるための行為だからだ。

「さあ、たっぷり感じなさい、私を」

ゆるりと膝立ちしたユリウスの股間が目に入り、基紀は「あっ？」と息を呑む。

最初のとき、ユリウスは着衣のままだったが、こうして惜しげもなく裸体をひけらかされれば、逞しい性器は否応なく目に入ってしまう。

それはすっかり頭をもたげ、反り返った逞しい姿を現している。

これが本当に自分の股間についているものと同じ器官かと、不思議になってくる。人種の差だけとは、とうてい思えない。

「……すごい……！」

ごくり、と自分の喉が鳴る音が、妙にはっきりと聞こえる。

先端で器用に襞をまくるようにしてこじ開けながら、じりっと押しつけられる熱塊。

たったそれだけのことで、火傷《やけど》でもしたような錯覚に襲われ、下肢がびくっと跳ねる。

「あっ……!?」

「わかるかい？　これをきみの中に挿《い》れる」

最初のときとは違い、優しくするとの言葉どおりに、いちいち丁寧に説明してくれるのが、かえって恥辱を煽る。

すでに先走りに濡れた亀頭部が、進んでは引いて、狭い入り口の襞をじわじわと広げながら、挿入の準備をはじめる。そのもどかしいような動きに、かえって腰が焦れる。いつまでも放っておかれたままの内部が、じわりと疼く。

「ああっ……、早く……！」

来て、とは言えないが、それでも、欲しいと腰をうねらせる。このあさましさが自分の本性かと思えば、屈辱に肌は火照るが。

それでも、体内にわだかまった熱を解放させるには、こんな生ぬるさではだめだ。

男なのだから、優しさよりも激しさが必要なのだと、基紀にもわかる。それはユリウスも同じなのか、唐突に動きが止まる。

「すまない、もう……我慢が利かない……！」

普段は甘いはずのハスキーヴォイスが、いまは余裕もなく嗄れて、欲望の深さを伝えてくる。

いいから、と基紀は手を差し伸べ、ユリウスの背に回して、引きよせる。早く、一刻も早く、満たしてほしいから。

「つらくても、許せ」

もう遠慮もなく、狭隘《きょうあい》な場所を進んでくるもののすさまじい圧迫感に、息が詰まる。

「……くっ……！」

想像以上の質量に、身体がぞくりとすくみ上がるが、一度は受け入れたのだ。この苦痛をやり過ごせば、そこには言葉にもできない官能の世界があると唇を噛み締めた瞬間、身体に無駄な力がかかり、かえって入り口が窄まって、内部を進んでいたものを一気に吸い込んでしまった。

「……ッ……、ああっ……!?」

一瞬で身のうちをぴっちりと満たされて、基紀は驚愕に目を瞠る。

同時に、強張った粘膜が、中に含んだものをきつくきつく締めつける。

「くっ……！」

小さく呻いて、ユリウスは動きを止める。

そのまま身をかがめると、基紀の唇に小さなキスを落としてから、胸元へと舌を這わせていく。

丹念な前戯のおかげで、すでにプッチリと色づいた尖りへと。もうすっかり堅くなっているそれを乳輪ごと吸われると、ちりちりと肌を刺すような感覚が走り、基紀はくっと奥歯を噛む。

「そこ……、もう、痛い……」

「痛いくらいが好きなくせに。ほら、じんじんするだろう？」

実際にはなんの役にも立たない男の乳首が、ひどく感じやすいのがどうにも恥ずかしくて、基紀は涙にくれる瞳を瞬きながら、違うと首を振る。

「うそはいけない」

叱《しか》るようにカリッと歯を立てられて、痛みと紙一重の快感に、肌がそそけ立つ。

「……ヒッ……！」

全身が快感を求めて戦慄いた、その瞬間をあやまたずに感じとって、気遣うように動きはじめたものが、敏感な場所を擦る。

ちりっと、痛みとは違う奇妙な感覚が内部を駆け抜け、基紀は息を詰める。

「あっ……？」

前立腺なのだろう。一度はそこでの快感を味わった身体が、痛みから逃れるように、与えられた刺激にすがりついていく。

「ここがいいのか？」

そのときを見逃すことなく、抑えきれぬ情動のままに抜き差しを開始したものに、身体ごと大きく揺さぶられる。

「あっ、な、なにっ……？」

なにかが湧き上がってくる。腰の奥のほうでぽっと灯った小さな火種が、肌を嘗め上げながら官能を連れて燃え広がっていく。まだ灯ったばかりと思った一瞬ののちには、全身を包み込むほど巨大な焔《ほむら》となって、ずくんと脳髄《のうずい》まで痺れさせる。

スパイシー・ウッディーな香りと、ユリウス自身の体臭が渾然一体となって、基紀を包み込む。目眩《めまい》がしそうなほどの、その甘さ。

「はっ……、ん…ああっ――…！」

自分の口から漏れる喘ぎも、それが本当に自分の声かと思うほど、妙に甘ったるい。

すさまじい勢いで鼓動が速まり、肌がぴりぴりと総毛立つようだ。大きく頭をのけ反らせれば、枕に押しつけた耳の奥から、ふつふつと沸騰《ふっとう》するような血流が響いてくる。

「ああ、ここかな？　きみのいいところ」

「あ、はっ……！　ヤ、ヤダっ、そっ……」

「ちっともいやがってないよ、きみの中は。ほら、擦るたびに、とってもいやらしくぴくぴくしている」

濡れ光る基紀の秘孔を自らの性器で、また、視線で犯しながら、ユリウスは徐々に抽送を速めていく。

鍛えられたしなやかな筋肉を、鎧《よろい》の代わりに身にまとう騎士。民を守る男は、だが、決して優しいだけではない。ときに抑えきれぬ荒々しさで、基紀の中を鋭く穿《うが》つ。

「やっ！　そこっ、ああっ――……！」

「すまない、止められない……」

謝罪はしても、官能に支配された男の動きが緩むことはない。どれほど優しくあろうとしても、いったん燃え上がってしまった男の身体が制御できるはずもなく。

欲望に満ちた衝動のままに続く、緩急つけた律動は、深まっていくばかり。

「きみは、私のものだ……！」

吐露される声にも余裕はなく、偽りではない気持ちが、透けて見える。

唐突な求婚も、たとえそれが基紀の力を他の者に渡したくないという理由だろうと、本心からの気持ちだと、いま、わかった。

力だけでなく、身体だけでなく、すべてを奪おうとするような強靭《きょうじん》さを、こうして自分の中で味わっているのだから。

そこにある、なにより明確な熱と脈動が、うそであるはずがない。

「私の基紀だ……！」

勝手に所有の宣言をした男に、敏感な場所を抉《えぐ》るような鋭い突き上げを立て続けに送り込まれて、基紀は喉をのけ反らせる。

「あっ、ああっ……！」

見上げれば、軽くウェーブのかかった金髪が、前後動に合わせて揺れ踊っている。

ピーコックグリーンの瞳は、どこまでも真摯《しんし》な光を放っている。

どうして、基紀の力を知ってもなお、この男が向けてくる表情は変わらないのか。

ユリウスにとっては誰にも知られたくない秘密を、好奇心を満たすためだけに探るようなまねをしたのに、その事実を飛び越して、知られた以上は伴侶になってもらうしかないと、極端に走る。ある意味、企業家としての合理性なのかもしれないが、それでも、こうして全身全霊で求められれば、打算以外のものがあるような気になってしまう。

家族ですら、基紀の力を忌み嫌っていたのに。一人暮らしを初めて以来、特別な理由でもなければ実家に帰ることもない。迎えてくれた両親や兄の顔に、迷惑そうな表情のひとつでも見たら、いたたまれなくなるから。

人の名前に色が見える……たったそれだけのことで。でも、他の誰も持たない奇妙な力だから、家族とも他人とも関わることなく生きてきた。

そして、これからも生きていくのだと思っていた。どこまでも独りで。

寂しくても、つらくても、虚《むな》しくても。

それが運命だと思っていたのに、どうしてこんなことになったのか？

「基紀……私のものになれ。そして、毎晩でもこうして愛しあおう」

信じ難い睦言を囁かれながら、初めて味わう激しい希求の想いを、快感とともに身のうちに受けている。

「や、優しくする……って……」

「ああ、言った。だが、きみもこうされるのが嫌いじゃないだろう?」

お貴族様の名にふさわしく、ノーブルなはずの男は、だが、礼服の下に、これほど激しい情動を隠し持っていた。

「や、いや……ああっ――……」

こんなに乱れたあげくの『いや』は、否定の意味などないに等しい。逆に、男の支配欲を煽るばかりで、裂けんばかりの突き上げはさらに容赦をなくしていく。

「ああ、締まる…! なんてすばらしい身体だ。私をこれほど夢中にさせるなんて……」

これはお仕置きが必要だと、大きく両足を開かれて、自然と持ち上がった尻の狭間に、腰を激しく打ちつけられて、基紀は痛みとも官能とも知れぬ陶酔の中で、きつくシーツを握り締めて、恥ずかしいばかりの嬌声を必死にこらえようとする。

「もっと……声を聞かせなさい」

だが、それが気に入らないのか、ぎりぎりまで引いたもので、さらに激しく中を掻き回されて、結局はもっと恥ずかしい声をあげる羽目になる。

「あっ、そ…奥っ、ヒッ――…!」

ぱんぱん、と肉のぶつかる淫らな音が、白い居城のあちらこちらに反響して、それだけで基紀を羞恥の中へと追い込んでいく。

恥ずかしい、みっともない、あさましい。なのに、そんな負の感情すらも快感を増幅させるだけで、自分がひどく淫蕩な生きものになっていくような気がする。

「いいのか？　ここがいいのか……？」

「あ、んっ、いっ……いいっ……！」

ひときわ強く腰を送られて、その激しさが嬉しいとばかりに、とろけきった粘膜が勝手に絡みついていく。まさに、地上にあって天国を見るような、恍惚の瞬間が欲しくて。

これは恋じゃない。愛でもない。でも、快感だけを求めているわけでも、決してないのだと、吐息のひとつまで逃すまいと深まるばかりの口づけが、教えてくれる。

ここにある。なにかがある。

まだ定かには形にならない、感情が。

ひっそりと自分の胸から溢れ出して、白い騎士のもとへと飛んでいくのを、基紀は絶頂へと至る陶酔の中で感じていた。


（や、やってしまった……）

間近に、眠れる森の騎士を見ながら、基紀はひっそりとため息をつく。

やってしまった、マジで。最初のときのように逃げられない状況ではなかった。懇願されて、身体が疼いて、同情だからと自分の気持ちを誤魔化して、不快どころか気持ちよすぎて、一晩中、官能に乱されたあげくに、すっかりユリウスの腕の中で安堵感に包まれて爆睡してしまった。

こんなのは恋じゃない……。

わかっているのに、特別な繋がりがあるような錯覚に捉われる。

互いに、いちばんの秘密を知られているから、いまさらそれ以外のことを焦って隠す必要がない——ある意味、気心の知れた相手のように。

男に抱かれた事実さえも、他人に知られたくないという意味では、色を見る力に比べれば些末なものだ。

世に同性愛者は、ゲイパレードで大通りを埋めつくすほどにいるが、それに比べて基紀のような共感覚者は、あまりに少ない。名前にその人固有の色を見るなんて共感覚は、聞いたことすらないのだ。

そんな秘密を隠さずにいられるという気楽さがあるから、自然と心が安心する。

でも、それを愛情と勘違いしてはいけない。いけないのに、このままでいくと、ずるずるとユリウスに魅《ひ》かれていきそうな気がする。

ただでさえ、同性である基紀の目から見ても、魅力的な男なのだから。

自信満々のお貴族様かと思っていたのに、実は心にも身体にも傷を負い、他人には言えない寂しさをひっそりとその胸に抱えていることまでわかってしまって、同情心は深まるばかり。

（でも、本当に同情なのか……？）

思えば、ドクンと心は疑惑に乱れる。

『かわいそう』と『かわいい』は語源が同じなのだと、高校の古文の授業で習った記憶がある。この気持ちが同情以上になる前に、きっちり線引きをしておいたほうがいいと、基紀は、こっそりベッドから抜け出す。

絨毯の上に放ってあるしわくちゃな服を着る気にはなれないから、ユリウスが基紀のためにと用意してくれた服の中から適当に見つくろって、身支度をすませる。

ともかく、ユリウスが目覚める前に逃げ出さなければと、背後をうかがったとき、ピーコックグリーンの瞳と目が合った。

「Guten《グーテン》 Morgen《モルゲン》」

「グ、グーテン……おはようございます」

「挨拶もなしに行くのかい？」

「し、仕事があるので」

「それなら、せめておはようのキスを」

怠惰《たいだ》にベッドに横たわった姿さえも魅力的に、ユリウスは乱れたシーツの上に投げ出した手で、基紀を誘う。ここに来てくれと、目覚めのキスをしようと、向けられる誘惑の笑みに、正直すぎる胸がときめく。散々に抱かれた身体が、内側から火照ってくる。

「さあ、おいで」

身体が、心が、欲しがっている。自分の秘密を知ってもなお、求めてくれる手を。

でも、これは恋じゃない。寂しさを埋めるぬくもりにすがっているだけのこと。

「だ、だめです、僕は……」

「どうして？　私達は似た者同士だ。同じように秘密を抱えて、それ以上に、身体の相性もいい。きっとうまくやれる」

「無理だ、お、俺には……！」

「だめとか、無理とか、軽々しく口にしないほうがいい。それこそ言霊になってしまう」

額に乱れ落ちる金髪を掻き上げながら、ユリウスはゆったりと起き上がる。

「きみは私の真の名を知っている。言葉だけで私を操れることを、忘れないでくれ」

だが、これでは、操られているのは基紀のほうだ。

この美しい男に……騎士の逞しさと、貴族の優雅さを併《あわ》せ持った男に。

「名前なんかで、操れるわけがない！　そんなことができるくらいなら、最初に俺を無理やり抱いたあとに、あんたは相応の罰を受けてるはずだ……！」

いや、そんなことができるなら、ユリウスはとうに基紀への興味を失っているはず。

そして基紀には、平凡だが波風の立たない日々が戻っているはずなのだ。

「俺の力は、これっぽっちもあんたを傷つけていないっ！」

それだけ吐き捨てて、基紀は理性の命じるままに寝室を飛び出した。

これ以上ここにいてはいけない。

ユリウスの言葉に惑わされる。甘い声音に酔わされる。

まるで、本当に愛があるかのような……。


「あら、栗原くん、いいスーツじゃない」

エレベーターを降りて、ジュエリーコーナーに向かっているとき、すれ違った女性従業員が、声をかけてきた。

「シックで、品がよくて、似合うわよ。栗原くん、髪とかも染めてないし、もともと端整な顔立ちだから、すっごくいいカンジ」

「そうですか？」

基紀用の着替えの中から勝手に拝借してきてしまったが、やはりというか当然というか、お貴族様の御用達とあって、量販店の格安スーツとは着心地がまるで違う。

五階は高級ブランドフロアだけあって、従業員も目が肥えている。行く先々で褒められるのが、照れ臭いけれど嬉しくもある。

その様子を見ていたらしく、『GRIFFIN』の入り口で待ち受けていた山下が、基紀に向かって文句の口を開く。

「いい気なもんだな。ブリオーニのスーツで重役出勤か？」

「あ、これですか？『LOHEN』から主任への昇進祝いに、いただいたんです」

「……ッ……」

だが、『LOHEN』の名を出されれば、山下とて黙るしかない。

「さっさと持ち場につけ」

吐き捨てて立ち去る姿に、自分の手柄でもないのに、胸がすく。

もうずっと、他人と違う自分を知られることを恐れてきた。自分の力がバレそうになるたびに逃げ出して、虚しさに泣きたくなったこともあった。

二十四年間、本当にひっそりと暮らしてきたのに、一転、ジェットコースターのような波瀾《はらん》万丈な展開が訪れるなんて。まったく困ったことになったと思いつつ、心のどこかに、それを楽しんでいる自分がいる。

従業員達の羨望《せんぼう》の的になり、一言で山下を黙らせる——人目を恐れて身をひそめているだけでは決して味わえない爽快感《そうかい》。ちょっと癖《くせ》になりそうだ。

（本契約したら、本当にでっかい借りを作っちゃうことになるよな）

いまのままではユリウスの気持ちにつけ込んで仕事をとっているようなもので、男としてちょっとどうよ、とも思うが。この借りを返すためにユリウスの伴侶になるなんて、どう考えても基紀の常識の範ちゅう外だ。

さて、どうしたものかと考えていたとき、小走りに近づいてきた女性従業員が、基紀の名を呼んだ。

「栗原さん、桂さんって方から、至急のお電話が入ってるわよ」

「桂さん……？」

いままで基紀が応対した顧客には、その名はない。シークレットフロアの執事が桂だが、わざわざ連絡をしてくる理由がわからない。

至急と言われて、急いでバックヤードに向かい、電話に出る。

「お待たせしました。栗原です」

『栗原様。私、ユリウス様のお世話をいたしております桂でございます』

やはり、あの桂だった。

「あの、なにか……？」

『ユリウス様が、暴漢に襲われました』

「えっ……!?」

『SPを外に待機させて、お一人で買い物をなさろうとされたところを、狙われたとか。脇腹を刺されて、いまは病院のほうに……』

受話器の向こうから聞こえる声が、徐々に遠ざかっていく気がする。

指先が冷えて、手が震える。

最後に自分がユリウスに向かって放った、呪いのような一言が脳裏に蘇ってくる。

――俺の力は、これっぽっちもあんたを傷つけていないっ！

興奮のままに、そう言い捨てた。

いくら秘密の名前を知っても、操れるわけがないと。それができるくらいなら、ユリウスは相応の罰を受けているはずだと、言い捨てた。

言葉には魂が宿っている。

不吉なことは口にしてはいけない。

それは言霊となり、現実になってしまうから……。

（くそっ…！　どうすればいいんだ？）

桂《かつら》からユリウスが暴漢に襲われて怪我を負ったという連絡を受け、『グランドオーシャンシップ東京』に駆けつけてきた基紀《もとき》は、なすすべもなくロビーをうろついていた。

こんな状況では、たとえ仕事関係者であろうとSP達にシャットアウトされるだけだし、病院にも迷惑をかけるからと、桂も搬送先までは教えてくれなかった。

基紀に連絡しただけでも執事としての分を超えたことで、ここで他のホテルマンにユリウスのことを訊《き》いて回ったら、桂に迷惑がかかる。一人では、シークレットフロアに続く関係者以外立ち入り禁止の廊下に踏み込むことさえできない、無力な自分を思い知るだけだ。

――ウォルフヴァルトでは、名前を知られると、意のままに操られると信じられていた。

ふと、真の名の話をしてくれたときのユリウスの声が、耳の奥に蘇《よみがえ》る。

（俺に、そんな力があるもんか……）

いくら中世の騎士が敵に操られるのを恐れ、誰にも知られぬ魂の名前をひそかに持っていたとしても、そして、かつての騎士の誇りをその身にまとったユリウスがそれを信じているのだとしても、基紀にとっては迷信以外のなにものでもない。

遠い中欧の森の奥、長の年月、戦いに明け暮れた民族だからこそ、自らの命を守るために作り上げた、一種の安定剤のようなもの。

真の名を知られない以上、自分は傷つけられることはないと信じていれば、逆に、勇気を奮い立たせることができるから。四方を敵国に囲まれたウォルフヴァルトだからこそ、いまの世にまで残った言い伝えにすぎない。

だが、基紀ごときに、言葉だけでユリウスの運命をどうこうする力など、あるわけがない。

実際には、こうして廊下をうろうろしているのが精一杯の、不甲斐《ふがい》ない人間なのだ。

だとしても、口にしてはいけなかった。人を呪うような言葉は。

——俺の力は、これっぽっちもあんたを傷つけていないっ！

まるでそれが不満であるかのように、感情にまみれた恨みを人にぶつけてはいけなかった。

ましてや、自ら望んで身体まで繋《つな》げた相手に。

(俺は、自分にされたことと同じことをしたんじゃないか……！)

基紀の力をうとんで、あんたは妙な子だと言い続けた親兄弟と同じことだ。

本来なら自分を愛してくれるはずの者からぶつけられる悪口は、他のなにより痛い。だからこそ基紀も、自分は本当に奇妙なのだと思い込んでしまったのだ。

ユリウスがいくら強靭《きょうじん》な精神を持っていようとも、伴侶《はんりょ》と決めた相手から、相応の罰を受けているはずだ！　と捨てゼリフとともに逃げられたのだから、心穏やかではいられないはず。

絶望することはなくても、少しくらいは失意を覚えもするだろう。

その心の隙間《すきま》が、ユリウスにとっては命取りになる。

実際に何度も命の危険を味わい、そのために、いざとなったらユリウスの身代わりができるSPを侍《はべ》らせて、分刻みのスケジュールをこなす以外はシークレットフロアから一歩も出ない。

そこまで万全の警備を敷いてさえも、ほんの一瞬の隙を狙いすませて、運命はこんな残酷な罠をしかけてくる。

(言うんじゃなかった……!)

どれほど後悔しても後の祭りだ。

自分のせいではないとわかっていても、まったく責任がないとはどうしても思えず、せめてユリウスの怪我の状況を知るまではここで粘るぞと決める。

他の客の邪魔にならないようにと、ロビーから少し奥まった廊下へと向かい、窓際に置かれた小さなヘップルホワイト様式の椅子《いす》に腰掛ける。

祖父の形見の腕時計と睨《にら》めっこしているうちに、昼も過ぎて夕方近くになっていた。

九月になっても熱帯夜が続く異常気象のせいで、蒸れたような蒼穹《そうきゅう》は時季外れの強い陽差しを廊下の中へと投げ込んでくる。空調は効いていても、窓際にいれば否応なしに外気を感じて、じりじりと額に汗が滲《にじ》む。それを自分への罰のように感じながら、ユリウスの受けた痛みに比べれば些末《さまつ》すぎると、基紀は唇を嚙《か》む。

人目を避けるように絨毯《じゅうたん》を見つめながら、ただひたすら待ち続けていると、視界に突然、黒いストレートチップの靴先が入ってきた。

仰いださきにいたのは、桂だった。

「栗原《くりはら》様、どうぞこちらへ。ユリウス様がお会いになるそうです」


見慣れた白の礼服ではなく、ゆったりとしたワイシャツ姿のユリウスは、カウチに寄りかかって、対面に座る基紀に告げた。

「なに、たいしたことはない。掠《かす》り傷だ」

シチュエーションに合わせて選ぶらしいフレグランスの香りが、つんと鼻をつく消毒液臭に取って代わられているという以外は、顔色が悪いということもない。

「大事ないと言ったのに、医者が大げさに、三針ほど縫ったようだ」

脇腹《わきばら》を刺されたと聞いていたが、桂が運んできた紅茶を受けとり、ゆったりと味わう仕草にも不自由はないように見える。いつもどおりに優雅なお貴族様なのに、なぜだろう、今朝までのユリウスとはどこか違う印象を受ける。

「でも、脇腹を刺されたと聞きました」

「私は騎士の家系に生まれた。祖先は皆、国のために常に先頭に立って戦ってきた。刺客に狙われることなど、日常茶飯事《さはんじ》」

義務的な報告のあいだも、基紀に目をくれようともしない。

「騎士だって、怪我をすれば痛いですよ」

「私をバカにしているのか？」

ちら、と向けられたピーコックグリーンの瞳は鏡のように硬質で、そのうちに秘められた感情を覆い隠している。

ユリウスに抱かれたとき、その身体に刻まれた傷痕を見た。命にかかわりそうな左胸と肩胛骨《けんこうこつ》のあたりにあった傷に比べれば、ほんの三針縫っただけで塞《ふさ》がってしまう傷は、ユリウス的には、たいしたことはないのかもしれないが。

それを当然と思ってしまう人生なんて、基紀には想像もできない。

「騎士とは、もともとは王から叙任される一代かぎりの称号だった。ウォルフヴァルトにはいまもその伝統が残っている。私とて公爵家は継げても、騎士の称号は継げないのだ。自らの功績でしか得ることのできない、もっとも重要な称号――私はそれを現大公からいただいた。その名誉ある称号を貶《おとし》めるような振る舞いは、決してしない」

自らのことを唱い語る口調も、常になくよそよそしい。ユリウスがこの程度の傷で弱みを見せる男ではないことだけは、短期間のつきあいでもわかる。

では、この態度の変化の理由は、やはり基紀が呪詛《じゅそ》になるような言葉を吐いたせいだろうか。

「襲ってきた男のほうがよほど重傷だ。その場で私が腕を捻《ひね》って押さえ込んだ。手加減している余裕などなかったから、鎖骨と上腕骨を折ってしまった」

「襲ってきたのって、誰だったんですか？」

「部下が下で取り調べをしてる」

「警察じゃなく？」

「日本の警察になど任せておけるか」

と言うより、警察ざたにしたくないというのが本音なのだろう。

あのSP軍団が取り調べをするためには、日本の警察に口出しされては面倒なだけのはず。

「こんなこと、よくあるんですか？」

「よく、はないが、たまにはある。私はあちこちで恨みを買っているからな」

「どうして？」

基紀が問うと、ユリウスは面倒臭げに片眉を上げ、ティーカップをテーブルに戻した。

「急に詮索《せんさく》好きになったな」

「だ、だって、『下で』って、下のフロアってことですよね？　三十八階」

「そうだが？」

シークレットフロアに宿泊するＶＩＰには、海外の政府要人もいる。その場合、爆発物等で上や下の階から狙われる可能性も考慮して、上下のフロアも関係者以外立ち入り禁止にすることがあるのだと聞いた。そうなれば宿泊費は一日で軽く一千万を超える。

下の階まで借りきるとは、まるで大統領クラスの警備だ。たとえ王家の血を引いていようが、公爵だろうが、外交官だろうが、どうしてそこまでとの疑惑は湧《わ》く。

(もしかして、拷問《ごうもん》とか、してたり……？)

思った瞬間、カチカチと陶器が鳴る音がして、なにかと思ったら、自分の持っていたカップがソーサーの上で震えている音だった。

「そ、そんなに危険なんですか？　命を狙われるなんて、普通じゃない」

カップから手を離し、必死に平静を装うものの、目ざとく基紀の怯《おび》えを察知したユリウスに、呆《あき》れたようなため息をつかれてしまった。

「そうだな。ここは平和な国だ」

ぽつ、と平坦に呟《つぶや》いて、ユリウスは防弾ガラスの窓から外を見やる。

「私は、ウォルフヴァルトにいるときでさえ、警護は緩《ゆる》めない。本当の敵は、むしろ公国内にいるのでね」

「公国内に……って？」

それはどういう意味かと、基紀は目を瞠《みは》るが、ユリウスはさっさと話を断ち切ってしまう。

「これ以上はきみには関係ない。私の個人的な問題だ」

「でもっ……」

「関係ないと言っている！」

突然、目の前で、ぴしりと鋼の鎧戸《よろいど》を閉ざされたような圧力を感じた。

（なにか……、なんだろう……？）

得体の知れないオーラのようなものが、ユリウスから放たれている。

冬将軍の氷の剣を思わせるような、鋭くて冷たいなにかが、基紀が色を感じる眉間《みけん》の部分に突き刺さってくるような気がする。

こんなことは初めてだ。人の色を感じることはあっても、それをこんなふうに痛みを伴ったものとして感じたことはなかった。

なんだかわけもなく恐ろしいような気がして、知らずに基紀は視線を逸《そ》らしていた。

「きみは帰りなさい」

ひどく硬質な声が、鼓膜を揺らす。

「え？」

「この程度で怯えるようでは、きみには資格がない」

「資格……？」

「私の伴侶にはなれないということだ。母はどんな運命が待っていようが、迷わず父についていった。それがヴァイスクロイツェン家に嫁いできた者の運命だからだ」

昨夜は基紀に激情に満ちた視線を送ってきたピーコックグリーンの瞳が、いまは白々と冷めている。冴《さ》え冴《ざ》えとした雪原を思わせる顔からは、どんな感情も読みとれない。

「やはり、きみではだめだ。きみには特別な力はあるが、勇気がない」

冷徹な口調で、きっぱりと言い捨てる。

もう基紀は必要ない、と。

「……あ……？」

資格がないと言われてしまえば、反論もできない。

それ以前に、もう伴侶云々《うんぬん》の話を持ち出されないなら、基紀にとって願ったりかなったりなのに、少しもホッとなんかしていない。それどころか、唐突な喪失感に、全身の力が抜けていく。

「怪我のせいで、スケジュールは否応なしに狂う。私も呑気《のんき》にきみの相手をしている余裕もなくなる。『GRIFFIN《グリフィン》』との契約に関しては、担当の者をつけよう」

なんという切り替えの速さだ。これがヴァイスクロイツェン家が経営する数々の企業の最高経営責任者としての、本来の姿なのだろうか。

有益なものには時間を割く。だが、不要とわかれば、迷いもなく切り捨てる。

（なんだ……俺？　なんでこんなにがっかりしてるんだ？）

どれほど身体が馴染《なじ》もうと、快感に溺《おぼ》れようと、それでも同性との結婚などもってのほかだと思っていた。絶対に無理だと、論外だと、つい今朝までは……ほんの数時間前までは思っていたはずなのに。

本当に大切なものはなくしてからしか気づかない、とはドラマや小説でよく見聞きする常套《じょうとう》句《く》だが。それが本当なら、基紀はいま、この瞬間になくしたのかもしれない。

自分で思っていた以上に、貴重なものを。

人生でいちばん大切になるかもしれなかったものを、たぶん永遠に失ったのだ。

自らの不甲斐なさゆえに。

「栗原様、お送りいたします」

桂に促《うなが》されて、基紀はのろのろと頭を下げて、その場を辞する。

ドアの外に出たとたん、胸がいやな感じに乱れていることに気がついた。

ユリウスの状態ばかり気になっていたが、ようやく自分に目を向けてみれば、そこには不安に揺れる気持ちがあるばかりだ。

つい今朝方まで、あれほどに濃密な時間をすごしていたのに。伴侶になってくれと、自分のものにすると、基紀がどれほど首を横に振ろうとも、ピーコックグリーンの瞳はあきらめることを知らない強い意志を宿していたのに。

いきなり邪魔者のように、ポーンと突き放された。もういらないと。

冷めた視線、わずらわしげな態度、平坦な声……あんなユリウスは知らない。初めて会った日に、身体に訊いてやろうと迫ってきたときでさえ、紳士としての余裕があった。

なのに、さっきのユリウスは、完全に基紀を閉め出していた。

義務的に最低限のことは教えてくれたが、その口調さえも、どこか皮肉めいていた。

(どうして……?)

自分から逃げ出しておいて、いまさらだが、それでもユリウスがこれほどまでに豹変するとは、思ってもいなかったのだ。

「栗原様?」

いつまでも歩き出そうとしない基紀を訝《いぶか》って、桂が声をかけてくる。

「あ……すみません、ぼんやりして」

「驚かれるのも無理はございません。日本人にとっては、慣れないお話ですから」

「でも、なんでユリウスは一人で買い物なんかしようとしたんです? てか、あのSP軍団がユリウス一人で行動させるなんて……」

「フラワーショップだったそうですよ」

「え?」

「ようは花屋ですか。リムジンの窓から見えたのだそうです。若い女店員が切り盛りしているような、小さな花屋が。さすがに店が店だけに、いかめしいSPを引き連れてはいけないと、車に待機させて、お一人で入られたところを狙われたようです」

「花を買いに、ですか? でも、そういうことは秘書とかの仕事じゃ?」

「ご公務に入り用ならば、むろんそうなさるでしょう。ですが、個人的なお知りあいのためとなれば、ご自分で選ばれるのでは？　たぶん、とても大事な方に、お花をプレゼントなさりたいと思われたのではないでしょうか」

「大事な人……？」

基紀を見つめる桂の優しげな目が、執事の務め以上の、真摯《しんし》な気持ちを伝えようとしているような気がする。

「栗原様なら、お心当たりがおありではないのですか？　ユリウス様が、お花を贈りたいと思われる方に」

はっ、と基紀は息を呑《の》む。この老練な執事はなにを言おうとしているのか。まさか、ユリウスが基紀のために花を買おうとしていたとでも……。

「あ、さあ、僕には……なんとも。桂さんこそ、誰か心当たりがあるんじゃ……？」

「執事は、主の密事を決して口外してはならないものです」

「ですよね……」

主の命に従うのが、普通の執事。

だが、主の気持ちを先読みして、サービスを超えたサービスをするのが、最高の執事。

「これは私の独り言です」

そして桂こそ、『グランドオーシャンシップ東京』が誇るシークレットフロア付きの執事の中でも、もっとも卓越した男なのだ。

「ユリウス様は何度かご公務で来日されておりますが、ご自分の私室に招かれた特別な方は、お一人だけと記憶しております」

私室という遠回しな言い方をしたが、それはつまり寝室のことなのだろう。

基紀とユリウスとの関係も全部知られているわけで、かっと耳朶《じだ》が火照《ほて》るのがわかる。

(一人だけって……俺のこと、だよな?)

伴侶と決めた相手を口説き落とすために花を贈る……そう、今朝までのユリウスなら、ありうるかもしれない。

エンゲージリングでも、主任の地位でも、首を縦に振らなかった基紀だが、たった一輪の花を自らの手で買い求めにいってくれたのなら、心がぐらついたかもしれない。

贅沢《ぜいたく》に慣れたお貴族様だからこそ、そんなさりげない気配りをしてくれるのが、嬉《うれ》しいと。

だが、ユリウスは、襲われた店が花屋だったことすら教えてくれなかった。花をプレゼントしたい相手が基紀と決まったわけでもない。それどころか、もう伴侶の資格はないと、追い出されたのだ。

だとしても、桂が言うのなら、間違いではないような気がする。

(でも、だったら俺が感じたものは……?)

桂を信じたくても、基紀も自分の力が感じるものを疑うわけにはいかないのだ。

基紀を拒絶したとき、ユリウスから感じた痛いほどの意志――雪よりさらに硬質な樹氷のごとき純白は、微塵《みじん》の迷いもなく基紀に向かっていた。


「なるほど。まっ青な顔で飛び出していったから、ＣＥＯになにかあったなとは思ったが。過労とはね。まあ、来日してからの強行スケジュールを見りゃあ、しかたなかろうな」

実に単純な思考回路の持ち主、ジュエリー販売部一課長の山下《やました》は、ユリウスが過労で倒れたとの基紀のうそを、簡単に信じた。

「おまえは『ＬＯＨＥＮ《ローエン》』担当なんだから、こういうときにこそ、見舞い品持参でご機嫌とりにはげんでくれよ」

お気楽に言ってくれるが、ユリウスが基紀に会ってくれるという保証はない。

それどころか、担当を外される可能性だってなくはない。

つい今朝までの甘さが夢か幻だったかのような、ひやりと凍えるほどのユリウスの冷淡さは、まだ基紀の肌に残っている。

「しかし、大丈夫かね、ＣＥＯは。これから本契約の話を煮詰めるってときに」

山下の心配の種は、『ＬＯＨＥＮ』との契約のことで、ユリウスの身を案じているのではないあたりが、あまりに露骨すぎる。

「わかりませんよ。日本人相手の交渉が面倒で疲労が溜《た》まったとなると、これで日本人嫌いになって、やはり契約は考えものだと思われるかも」

基紀らしくもなくムキになって言いつのってしまったのは、ユリウスに冷たくされた反動からかもしれない。

「お、おいおい、脅かすなよぉ。それはないって。確かに初めての交渉だから色々と慣れないこともあるだろうけど、もともと日本進出をもくろんでたのはＣＥＯのほうなんだから」

「え？」

「いいか、ここだけの話だぞ。ウォルフヴァルト大公国では、対日貿易に関しては、国営企業が独占してるんだ」

考えの浅い山下が、自慢げにペラペラと吹聴しはじめる。

「小さな国だから、かなりの企業が国営なんだが。中でも日本相手の商売は儲《もう》かるだろう。それを独占してれば、国が潤《うるお》うわけだわ」

「それって、国策ってことですか？」

「そこまで明確じゃないらしいが。国のためってお題目があるから、暗黙の了解ってやつなんじゃないか。ジュエリー業界でも日本と取引があったのは、大公家であるヴァイスエーデルシュタイン家だけだし。『ＬＯＨＥＮ』がウチと提携するってことは、大公家のライバルになるってことだから、けっこう重大な問題らしいぞ」

「そういえば、『LOHEN』の輸出先はヨーロッパ限定だって……」

日本と取引をしなかったのは、大量生産ができないからだと言っていたが、よくよく考えれば、企業家としてもやり手のはずの男が、いまのいままで日本進出をもくろんでもいなかったというのも、妙な話だ。

「ヴァイスクロイツェン家は、『LOHEN』以外にも、ヘッジファンドとかで手広く世界展開してるけど、日本とはいっさい関わってなかったんだ。まあ、ずっと機会をうかがってたんだろうけどな」

今回こんなに長く滞在してるのも、日本企業との提携は初めてだから、慎重を期してるのだろうと、山下はしたり顔で言う。

いままでオファーがありながら断っていたところと、一気に話をまとめているとすれば、確かに時間がかかって当然だ。

太鼓持ちのくせに、卑屈《ひくつ》な自分を恥じてもいないから、山下の言葉にはうそがない。

それは、初対面のときから感じていた、個人的にはあまり好みではないのだが、茶と臙脂《えんじ》が入り交じったような色の、実に確固として揺らぐことのないさままでわかる。

そういう意味で山下は、見事なほど常に山下だ。考えは浅はかだが、だからこそ妙なうそをつくだけの頭もないということで、実にわかりやすい男なのだ。

（考えようによっちゃ、これも人がいいってことなのかも）

失礼な感想のあいだにも、調子づいた浅はか男は、さらにペラペラと話し続ける。

「……っても、かなりヤバイことみたいなんだよな。なんか問題にならないといいんだが。知ってるか？　昨日、ウォルフヴァルトの大公家の王子が来日したって」

「え？」

「二番目の王子だったかな。このタイミングでの来日ってのが、なんかちょっとなぁ」

「大公家の王子が……日本に来てるんですか？」

「ああ。そっちは本当に公務だけどな。けど、もしかしたら、ヴァイスクロイツェン家の動きを牽制《けんせい》しにきたのかもしれないぞ」

「うそ……？」

「うそなもんか。実のところ、ヴァイスクロイツェン家ってのは、大公家より財産があるらしい。つまりウォルフヴァルト一の金持ちってことだ」

山下も勘定高い男だから、そのへんには実に鼻が利く。

国営事業なら利益はすべて国の財産になる。だが、ヴァイスクロイツェン家は民間企業だから、そこが事業の販路を日本に広げるということは、国に入るはずの外貨を掠めとるわけで。公的な立場で外交交渉に携《たずさ》わっているユリウスが、それをやってはまずかろうと言うのだ。

それは、国の政策にまっこうから反旗を翻《ひるがえ》すような行動なのだからと。

（でも……それって変じゃないか？）

騎士の誇りを抱き、国のため民のためと豪語するユリウスの言に反している。

その騎士の称号自体、現大公グスタフ一世から直々に授かったものなのに。

「その上、時計メーカーなのに、大公家の独壇場だったジュエリー業界にまで本格的に参入しようってんだから、そりゃあ揉《も》めるだろうよ」

「じゃあ……、ウチと契約って、すごくまずいんじゃないですか？」

もしかしたら、あまり外部に漏《も》らしていいことではないように思えるのだが、山下はそんなことなど気にもしない。

「いや、まあー、それはそれこれはこれだ。あちらのお国のことは、あちらで解決してもらわんとな。とにかくきみは、契約をもぎとることだけ考えてくれよ」

最後には実に太鼓持ちらしく、無責任な言いぶんで話を締めくくった。

だが、基紀のほうはそれではすまない。

知らぬ間に握り締めていた拳《こぶし》を開き、両手をさする。左手の薬指に輝くリングが、店内の灯りを弾《はじ》いてキラキラと揺れるさまをぼんやりと見ているうちに、ユリウスの声が耳に返ってくる。

——本当の敵は、むしろ公国内にいる。

そう言った。

だから、ウォルフヴァルトにいるときでさえ、警護は緩めないと。

だが、王家の血を引く公爵であるユリウスにとって、敵となるほど強大な相手となれば、同じほどの地位の者か、それ以上のはず。

そして、ユリウスが狙われたその前日に、大公家の王子が来日している。

(でも、まさか、大公家が敵なんて……)

あるわけがないと思いつつ、じわじわと不安が胸を占めていくのは、あまりに豹変したユリウスの態度が気になるからだ。

もしやユリウスは、なにかにひどく追い詰められている状況なのかもしれない。

ただ暴漢に襲われたのではなく、それが非常な危険を暗示しているとしたら——そばに基紀を置いておくのすら危ぶまれるほどの。

だから、あえて基紀を突き放した。

あれほど伴侶に望んでおきながら、いきなりそれを反故《ほご》にした。

勝手な憶測だが、そうだとすれば、ユリウスの手のひらを返したような冷淡な態度にも、納得がいく。

けれど、それこそが、基紀の身勝手な期待なのかもしれない。

自分を想ってくれている証なのだと思いたいだけで……。

5

ユリウスはたった一日の休養で、大幅に狂ったスケジュールを消化するために、精力的に動き出した。さっさとご機嫌うかがいに行けと、くどいほど山下にせっつかれたが、言われなくても基紀は、何度となくユリウスにアポをとろうとしているのだ。

だが、結局は果たせず、ホテルに出向いてもフロントで断られることの繰り返しだ。

できることといえば、ネットでウォルフヴァルト大公国のことを調べることだけ。

残業など縁がないから、ワンルームマンションの殺風景な八畳間でコンビニ弁当の夕食をとりながら、ノートパソコンに向かって基紀は独りごちる。

「ふうん。本当に小さいんだ」

面積は東京都より少し大きいくらい。人口はわずか八万。古くからエルベ川の交易で発展し、現在も観光産業と貿易で成り立っている小国だ。

だからこそ、大公家自らが国家戦略として産業の保護と育成に努めているとのこと。

なのに、その政策を無視して、ユリウスが日本進出を強行しているというのが、なんとも腑《ふ》に落ちない。もちろん、立憲君主国といえども資本主義なのだから、民営企業の事業拡大戦略に、国のお墨付きをもらう必要などないのかもしれないが。

それでも、騎士の名誉を重んじるユリウスが大公家に逆らうというのが、どうにも解せない。

「いまの大公がグスタフ一世。一九九〇年に即位……東西ドイツが統一された年か」

ウォルフヴァルト大公国の公式サイトには、大公以下、四人の王子と二人の姫が大々的に紹介されていた。観光が主要な産業とあって、金髪碧眼《へきがん》も美しい王子と姫はまさにアイドルさながらのあつかいで、数々の写真が有料でＤＬできる。

プロフィールの一覧をチェックしただけで、大公家の人間にも、ユリウスと同じように真の名があるのだと、基紀にはすぐにわかった。

グスタフ大公は威厳のあるネイビーブルー、ハインリヒ皇太子からは柔らかなラベンダー、次男のフリードリヒ殿下はウルトラマリンと、全員から青系の色を感じるのだが、そのすべてが不明瞭に現れたり消えたりしている。

それこそが、なにかを隠している証拠だ。

「……にしても、次男の色はすごいなぁ」

目にも鮮やかなウルトラマリンが明滅するさまは、まるで都会の夜を彩《いろど》るネオンサインだ。

「やっぱ、他に名前があるんだろうな。ユリウスの例から考えても、称号を入れるのが筋だってのはわかるけど……」

どういう基準なのか、皇太子には公爵《ヘルツォーク》、次男には伯爵の称号がついている。

「なんか、爵位とかってさっぱりわからないなぁ」

サイトから読みとれるのは、『中世の趣《おもむき》そのままの美しい国、ウォルフヴァルトよいとこ一度はおいで』という宣伝文句ばかりだ。

ネットの海へと乗り出して、ヨーロッパ貴族についても調べてみたが、ウォルフヴァルトも含めてドイツにはすでに貴族制度は存在せず、かつて貴族だった家系が勝手にフォンの称号を残しているだけのようだ。

逆に考えれば、本来の称号としてではなく、名前の一部になってしまったからこそ、ユリウスにも公爵《ヘルツォーク》をつけなければ、明確な色にはならなかったのだろう。

だが、調べれば調べるほど、わかることといえば、ユリウスが基紀とはまったく違う国の人間だという事実ばかりで。

なんだかよけいに遠い存在に感じられてしまって、基紀の胸を切なくさせた。


「おい、栗原」

ユリウスとの接触もできぬまま、無為に日だけが過ぎていく。うっかりすると仕事中も考え込んでしまい、いまもぼんやりしていたところに声をかけられて、基紀は、はっと我に返る。

見れば、めいっぱい不機嫌そうな山下の顔が間近にあった。

「な、なんでしょうか？」

「あそこ、妙にチャラい感じの外人がいるんだが、要注意だからな」

言いつつ山下は、女性従業員が対応している金髪の男性客を横目で流し見る。

「シルバーゴールドのチェーンにオパールのペンダントヘッドをつけてるだろう。よほど自慢らしくて、見せてくれたんだが、あれ、貼りオパだ。裏が地金で塞いである」

「……って、ダブレットオパールですか？」

天然石は光を通すことで輝きを増すものが多いから、地金で裏を塞ぐことはめったにない。

逆に言えば、裏が塞がれている場合、それは無垢《むく》の石ではなく、オニキスなどの黒い石の表面に薄くオパールを貼って、人工的に作ったダブレットオパールという可能性が大なのだ。

「そう。たいした値段のもんじゃない。女性店員ってのは、ちょっと見目のいい外国人だと注意力が散漫になる。おまえ、接客、替わってやってくれ。高級品は見せないようにしろよ」

「あ、はい……」

うなずきつつ基紀は、山下が示した外国人客に視線を向ける。金髪碧眼、ライトグリーンのスーツ、ハデな柄シャツの大きく開いた襟元《えりもと》にオパールのネックレスが光っている。

確かにチャラい。チャラいがしかし……と、基紀は目を瞬《しばたた》かせる。

「山下課長、営業部長を呼んでください！」

「は……？　なんだ？」

上司である山下に強く言い放ち、基紀は件《くだん》の外国人客に向かう。

「ギュンターさん」

基紀の呼びかけに、男が振り返る。

SPの黒服も定番のサングラスもない。それどころか、ブラウンの髪は見事なブロンドに輝いているが、どれほど外見を変えようと、一度知り覚えた相手を基紀が見間違えることはない。

最初にユリウスに近づこうとしたとき、基紀を取り押さえたSP、ギュンター・クラウゼヴィッツだ。

「今日はずいぶんと華やかな出《い》で立ちで」

言いつつ歩み寄ると、ギュンターはしばし、にこやかな観光客のふりをしていたが、やがて口元を引き締め、静かな声を響かせた。

「見抜かれましたか。あなたはだませないだろうと、ユリウス様がおっしゃっていました」

「だますために、そのカッコウで？」

「取引相手の能力を見極めるには、第三者として観察するにかぎります」

この妙に似合いすぎるチャラ男ぶりは、どうやら『GRIFFIN』の対応を試すための変装だったようだ。

「私が『LOHEN』の海外事業部担当です。上の方にお取り次ぎ願えますか」

「もちろんです」

背後で「ひっ！」と叫んだ山下が、慌《あわ》てて部長を呼びに入る気配がした。

遅いんだよ、と内心で舌打ちしつつ、部長がお出ましになるまで自分が相手をせねばと、基紀は姿勢を正す。

「驚きました。ＳＰの方が、海外事業部のお仕事まで兼任されるんですか？」

「それくらいの能力がなければ、ユリウス様の警護をする資格がありません。ときにはあの方の身代わりもするのですから」

「ああ、そうでしたね」

「これ以降、ユリウス様への連絡は、私を通していただきます」

「それは……もう僕には、お会いにならないということですか？」

「ご多忙な方ですので」

ユリウスが自分の名代にギュンターを寄こしたからには、本当に基紀は用なしなのだろう。わかっていたのに、ギリッと胸が締めつけられて、基紀は知らずに唇を噛んだ。

「お願いがあるんです。ユリウス様に……もう一度だけ、お取り次ぎいただけませんか？」

「おわかりでしょうが、私はユリウス様の命に背くことはできません」

「……ですよね」

肩を落とす基紀に、でも、とギュンターは言葉を続ける。

「初めてあなたに私のフルネームを呼ばれたとき、私は一瞬、ＳＰとしての立場を忘れそうになりました」

ショーケースの中、ハロゲンスポットライトに照らされて煌《きら》めくジュエリーを見るともなく見ながら、普段は決して目立つことのない男の横顔が、静かに語る。

「あなたは、誰の名前でも、とても大切に呼ばれる。優しい声で、大切に。一介のＳＰの名前でさえも」

それは、基紀が名前の大切さを知っているからだ。名前こそ、人のすべてを表す指針だと。

性格だけでなく、祖先から受け継ぎ子孫にたくす運命までをも示す、大事なもの。

まさに、その人そのものなのだと、決して変わることのない色が、訴えるのだ。

「あなたは弱い。力も精神も一般人のそれでしかない。ユリウス様は、あなたには戦うことができないと思っておいでです。でも、本当にそうでしょうか？」

そこで言葉を切って、ギュンターは微《かす》かに笑みながら、告げた。

「優しさは強さです」


「誰がこんな勝手をしろと言った？」

怒気を含んだユリウスのハスキーヴォイスが、ロココの優雅を刻んだ部屋に響き渡る。

「ギュンターさんを叱《しか》らないでください。僕が無理を言ったんです」

きっちり四十五度に頭を下げたギュンターの隣に立ち、基紀は懸命に訴える。

「もう一度、あなたと話がしたかっただけなんです。そのことでギュンターさんを責めないでください」

「職務を逸脱した者など、私には不要」

ギュンターの心を切り裂くようなユリウスの一言に、基紀は、それは違うと言いつのる。

「そんなことを言っちゃだめだ！　軽々しく口にしたら言霊《ことだま》になるって言ったのは、あなたじゃないか。言ったあとからどんなに悔やんでも遅い……。僕が、あなたを傷つけたように……」

ユリウスはウイングチェアに腰掛けたまま、不思議なものを見るように首を傾《かし》げた。

「きみが、いつ、私を傷つけた？」

「あなたに呪いの言葉を吐いたのは、僕です。相応の報いを受けてるはずだと……」

このさきも、きっと基紀は後悔し続ける。あんなことを言わなければよかったと。どれほど動揺していようが、人を恨むようなことは決して口にしてはいけなかったのだと。

「ギュンターはもういい。処分は追って沙汰《さた》する」

ユリウスは部下を下がらせると、ひたと基紀の視線を捉《とら》えた。

「なんの話がある？　さきに私を拒んだのはきみだ。伴侶になってほしいとの私の望みを退けたのは、誰でもないきみなのだよ」

「わかってます」

「気が変わったとでも言うのか？　命を懸けて、私とともにウォルフヴァルトについてきてくれるとでも？」

「それは……」

そこまでの決意は、まだない。

この胸にある想いが、そこまで強いものなのか、まだ基紀にはわからない。

出会って、十日ほどしかたっていないのだ。それでも、ユリウスと二度と会えなくなってしまうのはいやなのだと、心のどこかが訴えている。

まだ互いのことをろくに知らない。

身体だけが妙に馴染んでしまったけれど、ユリウスがなにを考えているのか、基紀との関係を本当はどう思っているのか、肝心なことはひとつも知らない。

「あなたの伴侶になれるかどうか、僕自身が知りたいんです」

こんな曖昧《あいまい》な言い方が、ユリウスに通用するとは思えない。

「そうか。では、試してみよう」

見返してくるのは、偽りを許さぬ鋭い眼差《まなざ》し。

まさに氷に閉じ込められた孔雀《くじゃく》の羽根のごとき冷ややかな双眸《そうぼう》に、くじけそうになる気持ちを叱咤《しった》して、基紀はその場にとどまる。一歩たりとも退くものかと。

「医者に過度な運動を止められた。おかげで、精力がありあまっている。伴侶となれるか試したいなら、なんとかしてもらおうか」

「なにを……？」

「いまさらなにをと訊くか？　私の性欲処理をしてみろと言っている。その可愛い口でな」

「――……!?」

想像もしなかった要求に、基紀は言葉を失った。性欲処理をしろと、それも口でなんて、そんなものは決して愛情を試す行為じゃない。ただのセフレと大差ない。

「どうする？　決めるのはきみだ」

皮肉な物言いをして、ユリウスは薄く笑む。

たぶん、わざと無理難題を突きつけているのだ。こう言えば、基紀が怯《ひる》んで、逃げ出すだろうと思っているのだ。

（だったら、逃げてなんかやるもんか！）

むろん男の性器を咥《くわ》えたことなど、あるわけがない。それでもやれる。現にユリウスは、基紀の前も後ろも、しつこいほどに嘗《な》めたり弄《いじ》ったりしたのだ。

（それが望みなら、やってやる……！）

無謀だと頭の隅で思いながらも、基紀はずいと踏み出して、ユリウスの前に膝《ひざ》をつく。

ユリウスの表情はどこまでも冷ややかで、わずかな動揺すら見せはしない。

震える指先で白いトラウザーズの前を開き、下着の膨《ふく》らみに触れただけで、どくんと脈動が伝わってくるような気がした。

そっと撫《な》でるだけで、質量を増してくるのがわかる。こんなにたやすく欲望をつのらせるものだろうかと、不思議な気がしたものの、精力がありあまっているのは本当らしく、ちょっとだけ早まったかなと思う。ほんのちょっとだけだが。

まだ自分を貫いたときの逞《たくま》しさにはほど遠いのに、それでもじゅうぶんに存在を誇示している性器をとり出すと、勇気を振り絞って唇を寄せる。

最初は亀頭部だけを含んで、ぎこちない舌遣いでしゃぶりはじめる。自分が感じるところを思い出しながら、くびれの部分を唇を窄《すぼ》めて吸い上げれば、基紀の口腔を内側から圧する力が一気に増した。

続きを促すように、後頭部へと伸びてきた手のひらに力がこもる
「それで、私をイカせられると?」

悠然と腰掛けた男に見下されれば、恥辱《ちじょく》と怒気に身が震える。

負けるものかと、無駄なだけの意地が湧き上がって、口淫にも否応なしに力が入る。

徐々に形を変えていくものの先端から、じわりと快感の証のぬめりが滲み出してくる。

みっしりと喉奥《のどおく》まで塞がれれば、息継ぎすらままならなくなって、知らぬ間に生理的な涙が眦《まなじり》に溜まっていく。

試されているだけとわかっているのに、いっぱいに含んだものに口内の粘膜を擦《こす》られれば、ポッと小さな熾火《おきび》が灯ったかのように、身のうちで官能が目覚めていく。

口の中も粘膜だから敏感な場所だ。そこを太い笠《かさ》の部分で擦られれば、じわりと下腹部に熱がわだかまって、スラックスの前がきつくなってくる。

（なんで、こんな……？）

みっともなくて、苦しくて、情けないだけの行為を施《ほどこ》しているだけなのに、自分のほうが勃《た》ってしまうなんて。きっと下着には、淫らな染みが滲んでいることだろう。

決しておさまりきらない質量を夢中で呑み込み、頭ごと動かせば、ちゅぷちゅぷと粘性の高い音が唇のあわいから漏れる。

「あさましい。そんなに尻《しり》を振って。私を誘惑しようというのか？」

知らずに腰を揺らしていたのか、うんざりするほど的確に落とされる揶揄《やゆ》に、基紀はさらなる羞恥《しゅうち》に全身を火照らせる。

自分の恥ずかしい様子を忘れたくて、ひたすら猛々《たけだけ》しいものをいっぱいに頬張《ほおば》り、吸い上げる。どのみち全部を含むことなど無理だから、届かないところは手でしごき、幹だけでなく、ふたつの袋も丹念に揉みほぐす。

何度かそれを繰り返し、ときには甘噛みしながら、先端の敏感な小さな孔も、ちろちろと舌先でくすぐる。

「……ッ……」

微かな吐息を、耳が拾ったような気がして、上目遣いで仰ぎ見れば、そこに口元を引き締めて、乱れていく息をこらえている男の姿があった。ピーコックグリーンの瞳は、どこを見るでもなく茫洋《ぼうよう》と白い室内を泳ぎ、さっきまで凍っていた表情は、いまはうっすらと興奮に上気している。

（感じてる……？）

自分の行為が……決して巧《うま》いとはいえない口淫が、ユリウスを追い上げている。

ついさっきまで意固地に凝《こ》っていた気持ちがとけていくさまを、まざまざと目にして、鮮烈な驚きと喜びが胸を震わせる。

もっと感じさせたいと、もっと乱れさせたいと、拙《つたな》いながらの舌遣いにもいっそうの力がこもる。酸欠のせいか、軽いトランス状態に陥《おちい》っても、やめる気になれない。

抱きあったのは、たった二度だけ。それも、最初は強姦まがいだったというのに。こんなあさましい行為に没頭するほど、ユリウスという男に溺れてしまっている。もともと感じやすい体質だったのか、ユリウスが特別なのかと訊かれたら、たぶん答えは後者だろう。

思えば、初めて資料に添付されていた写真を見た瞬間、予感はすでにあったのだ。

初めて見る白。穢《けが》れのない純白。

あまりに印象的に基紀の目を捉えたにもかかわらず、それが曖昧に明滅していたのが、ショックだった。美しい色に偽りがあるのが許せなかった。

唯一無二の真実であるべき色なのに——そう思ったときには、すでに囚《とら》われていたのかもしれない。

共感覚者であることを理由に、ろくな恋愛経験もしてこなかったが、単に本気になれる相手がいなかったという、それだけのことだったのかもしれない。

「ああ……」

今度こそ、はっきりと低い呻《うめ》き声が聞こえ、とたんに口腔内をいっぱいに満たしたものが、ずくりと脈打って容積を増した。

いつも余裕綽《しゃく》々《しゃく》の男が乱れている。女には不自由したこともないはずの公爵様が、技巧もなにもない舌遣いに感じている。そう思っただけで胸に溢《あふ》れる満足感が、さらに基紀を煽《あお》っていく。必要なのはテクニックでも、経験値でもない。それ以上に気持ちが大事なのだと、いくら恋愛にうとい基紀でもわかるから、ひたすら想いを込めて、喉奥まで咥え込む。

ヒューヒューと喉が鳴り、息苦しさに吐き気すら覚えても、やめる気にはなれない。

「もう、いい……」

上擦《うわず》った声、荒れた吐息……それがひどく心地よく鼓膜を揺らす。

ユリウスの先走りの精と、基紀の唾液が入り交じって、唇の端からこぼれていく。喉へと垂れていく感触に、ぞっと身が震えるが、決してやめるものかと添える両手に力をこめる。

ちょっと乱暴すぎるかと思うほど顔を前後に動かして、口腔内をいっぱいに満たしたものを、強く、強く、吸い上げる。

これはなんだろう？

この貪欲《どんよく》な気持ちは？

身体からはじまった関係だったのに、ここになんらかの情があればと期待するほどに、ユリウスへと向かう熱い想いが、一気に基紀の中で膨らんでいく。

出会って、まだ十日ほど。でも、恋に時間など関係ない。

「くっ……！」

絶頂が近いのだろう。基紀の髪をつかんでいる手が、なんとか引きはがそうと動く。

「基紀っ……！」

孤独な狼の遠吠えを思わせるような呼び声とともに、ねっとりとした体液が喉奥に放たれた。

その瞬間、強く髪を後ろへと引かれて、まだ吐精途中の性器が逃げていく。ぼんやりする視界にスローモーションのように映ったものの先端からほとばしった飛沫《しぶき》が、ビシャッと顔に降りかかってくる。

「バカ者が……」

罵《ののし》りというより照れ隠しのように、ただでさえハスキーな声が掠れた呟きとなって、基紀の耳朶へと落ちてくる。

「まったく、きみは。最初からそうだったが、弱腰なのか無謀なのか、わからない男だな」

顔面に点々と散ったぬるい飛沫を、伸びてきたユリウスの親指が拭《ぬぐ》っていく。

その優しい感触に、基紀はうっとりと目を細めた。


ユリウスに勧められて、シャワーで汚れを落とすと、慣れないバスローブを身にまとい、基紀は寝室へと足を向けた。

さっきまできっちりと着込んでいた礼服の上着を、いまはゆったりと肩にかけたユリウスは、ドレスシャツの腕を組み、床から天井まで続く窓辺に佇《たたず》んでいる。

いつもの優雅さを取り戻した横顔が見つめるさき、空中庭園のように闇の中に浮き上がる新《しん》宿《じゅく》の高層ビル群の灯りが、夢幻のごとくに煌めいている。

背後から近づき、基紀は、山下から聞かされて以来、疑問だったことを問いかける。

「上司に聞いたんです。あなたは国策に逆らって、日本へ市場を拡大しようとしてるって」

「誰が言った？　なにか勘違いがあるようだ」

振り返ったユリウスは、美麗な眉をわずかに寄せる。鋭い眦が不快そうに上がる。

「私は官庁の許可を得て、公国の学生達を支援するための公益財団法人を運営している。今回の来日も、財団の長としての公務でだし、日本に進出する企業のほとんどは財団が所有している。

唯一、『ＬＯＨＥＮ』だけは、私の会社だが」

「公益、財団法人……？」

「私はタダ働きしてるのだよ。責められては割に合わない」

「そ、そうなんですか……。僕、知らなくて」

「べつに声高に言い触らすことでもない。知らなくて当然だ」

ようは、『ＬＯＨＥＮ』のＣＥＯとしての来日ではなかったから、『ＧＲＩＦＦＩＮ』との事業提携の話も、うかうかと受けるわけにはいかなかったのだと、ユリウスは苦笑する。

「すみません！　僕、すごい無理難題を突きつけてしまって……」

慌てて基紀は、深々と頭を下げる。が、しばし待っても叱責《しっせき》は訪れない。

ちら、とうかがえば、ユリウスはすでに窓のほうへと顔を戻していた。

「この国には夜がないな」

唐突に気づいたかのように話題を変えて、灰色の夜空の下に溢れるネオンライトの海を、ゆるりと眺めやる。

「ウォルフヴァルトの夜はまっ暗だ。見えるものは、降るような星の瞬《またた》きだけ。月がなければ、夜の森は歩くことさえできない」

ゲルマンの血をくっきりと刻んだ、鼻梁《びりょう》の高い横顔が語ろうとしているのはなんなのだろうと、基紀はそっと隣に立つ。

「以前にも言ったが、ウォルフヴァルトは小国ゆえに、常に周辺諸国との争いが絶えなかった。ウォルフヴァルトの歴史は、そのまま戦いの歴史だ」

遙《はる》かな故国への想いが、ハスキーヴォイスに乗って基紀の耳に届く。低く、切なく。

北方から渡ってきた民族の獣のような強靭さから、狼《ウォルフ》の忌み名で呼ばれ、それがそのまま王国の名前になったのだと。

長きに渡ってドイツの辺境領に組み込まれ、ボヘミアやオスマンと戦い。やがて台頭してきたプロイセンと戦い。ふたつの大戦を経験したあげく、戦後は東ドイツに併合された。

王国として存続していた時期より、ドイツの領土となっていた時期のほうが長いにもかかわらず、民の独立への希求の気持ちは揺らがなかった。

「ベルリンの壁崩壊に至るまでの、あの時代。共産主義の頸木《くびき》からの解放という希望を持ちながらも、民がもっとも恐れたのは、東西ドイツ統一によって、完全にドイツに併合されてしまうことだった」

唱うように、囁《ささや》くように、年代記を伝える語り部《べ》のごとき切々とした響きに、知らぬ間に引き込まれていく。

中世を舞台にしたファンタジー物語のようなそれは、でも、ユリウスにとっては、厳然と存在した祖先の話そのものなのだ。

「元大公を長とするヴァイスエーデルシュタイン家だけが、王家ではない。白の名のつく貴族はすべてが王家の血筋なのだ。我がヴァイスクロイツェン家にも、じゅうぶん王として立つ資格がある」

ヨーロッパの王家は、自国の安全のために、また領土拡大の足がかりのために、政略結婚を繰り返し、そのほとんどが親戚だといわれている。ウォルフヴァルトの貴族もまたその例に漏れず、長い歴史の折々に、他国の王家との姻戚《いんせき》関係を持っていた。

「一九八九年の秋、世界中の目が東欧革命に向けられていたあのころ。故国の民のために王家の人間としてすべきことは独立を勝ちとることだと、父は母を伴って激動の東ドイツに渡り……そのまま消息を絶った」

そこで、ふっと息をつき、もう手の届かないなにかを追うように、ユリウスは視線を遙か遠くに飛ばす。ネオンの海を渡り、微かな星の煌めきを超え、時間の歯車を巻き戻し、両親を見送った一人の少年となって。

「ベルリンの壁が崩壊する、わずか三カ月前のことだ」

告げられる事実の、なんという残酷。

「————……!?」

たった三カ月……。だが、その三カ月後に、東西冷戦の象徴のようなあの壁が民衆の手によって打ち壊されると、誰が想像しただろう。

「その一年のち、ヴァイスエーデルシュタイン家が帰国し、グスタフ一世が大公として即位した。

それもまた運命だったのだろう」

そのことに不服はない、と告げるユリウスの声はあくまで穏やかだ。

民がそう望んだのだ。オーストリアに亡命していたヴァイスエーデルシュタイン家を呼び戻して、大公家にと仰いだのだから。

だが、と言葉を継いだとき、暴漢に襲われたことすら平然と語ったユリウスの表情が、初めてわずかな陰りを見せた。

「もしも父が存命していれば、誰よりも早くウォルフヴァルトのために動いた者として、もっとも由緒ある公爵家の長として、必ずや大公の地位に就いていただろう」

それは、考えても詮無いだけの『もしも』でしかない。

失ってしまった者が、戻ってくるはずもない。

それでも人は、ときに虚《むな》しく思う。

「夢にすぎないが……」

わかっていても、もしも両親が無事でいてくれればと、願わずにいられないのだろう。

行方不明である以上、ユリウスの心から、その夢が消えることはない。

「そんな事情もあって、私は大公家とは折りあいが悪いのだ。だからといって忠誠心が変わるわけではないが、父の無念さを思うと私のほうにも素直になれない部分はある。私怨《しえん》を持っていると考える者がいても、しかたのないことかもしれない」

一転、いつもの態度を取り戻し、ユリウスは平然と傷のあるあたりを撫でてみせる。

「おかげで、ときどきこんなめにあう。どうやら私は、大公の座を狙っていると思われているようだし」

「え……!?」

「きみもそう思うか?」

いいえ、と基紀は、激しく首を横に振る。

そんなはずはない。こうして心のうちを語り出してから、ユリウスの純白はいっそうくっきりとした印象で迫ってくる。

曖昧さがないということは、うそがない証拠だ。それは経験でわかる。

自分を偽るとき、その人の色も不安に揺らぐ。たぶん偽りは、他人になりすまそうとするのと同義だからだと、基紀は勝手に解釈している。

初対面の相手が名前を騙《かた》った場合は、最初から色は見えない。逆の理屈で、すでに知っている人が自分を偽ろうとすると、それまで見えていた色が不安定になるのではないかと。

基紀が見る色が示しているのは、結局、人はその人以外の者にはなれないという、ごく当たり前のことなのだ。

ユリウスの色は、真の名を知ったときから、一度たりとも揺らいだり明滅したりしたことがない。それは、ユリウスが常にユリウス以外の何者でもないという証だ。

「信じています。あなたは反逆を企てるような人じゃない。でも……あなたが狙われたのって、まさか……？」

大公家の誰かが命じたのかとは、さすがに訊けず、語尾を濁せば、どこか戸惑いを含んだユリウスの声が返ってくる。

「その『まさか』ではないと言いきれないところが、困りものだ。グスタフ大公は寛大さで民に慕われているし、ハインリヒ皇太子も温厚な方だ。下の王子二人はまだ小僧だから論外として。問題は、残るお一人だ」

残る一人とはと、ウォルフヴァルト大公国のサイトで見た四人の王子の顔を、皇太子から順に思い出す。下の二人が論外なら……。

「次男の王子ですか？」

年は三十歳。ウルトラマリンの色も見事だったが、流れるようなウェーブを描いたブロンドの長髪が、印象的だった。

「フリードリヒ・フォン・ヴァイスエーデルシュタイン殿下。公家の海外戦略を担っておられるが、ご気性が少々でなく荒い。『牙の王』とか『銀色の狼』とか『炎のフリッツ』とか、異名には事欠かないお方だ」

「フリッツ……？」

「フリードリヒの愛称だ。フリッツと呼ぶとなにやら響きは可愛げだが、とんでもない。優美な獣、と私などは思っているが。負けを認めるのがお嫌いな方でね」

「ああ……、なんだ、似た者同士ですか?」

失礼と思いつつ本音を言えば。ユリウスは、くっと喉奥でくぐもった笑いを響かせた。

「そうだな。だから対立するのだろう」

どこか親しみさえ感じる言い方だが、そのぶん、根が深いような気がする。

「私が襲われたのは、公国の中で力をつけすぎたこと。そして、公家が独占していたジュエリー産業に進出したことへの牽制だと思っているよ。フリードリヒ殿下は、なんにせよ手段を選ばないお人だからね」

「で、でも、大公家の王子が命じるなんて、本当に……?」

「私を襲った男は、なにひとつ吐かなかった。責めても無駄とわかっていたから、少々痛めつけてわざと逃がした。むろん尾行はつけたが。行ったさきがどこかわかるか?」

問われて、基紀は首を横に振る。

「ウォルフヴァルトの大使館だ」

「た、大使館って……?　だって、あなただって外交官じゃないですか?」

「そう。大使館があるのに、外交官と同等の職権を与えられている私が、どうしてこのシークレットフロアに身を隠していると思う?」

「あっ……!?」

その言葉の意味に気づいて、基紀は愕然《がくぜん》として目を見開いた。

つまり、大使館すらユリウスにとって安全な場所ではないということなのだ。

それにしても、大公家の王子が、自国の大使に刃を向けるような命令を出すとは、さすがにすぐには信じられない。

「でも、そんなことが……？」

「言ったはず。敵は公国内にいると……。巻き込まれたくなければ、いますぐ帰れ。そして二度と私の前には姿を現すな。あとのことはギュンターに任せる。たとえ逃げても、きみの損にはならないようにすると保証する」

では、ユリウスが手のひらを返したように冷たい態度をとったのは、やはり基紀では戦えないと踏んだからなのだろうか。

その身を案じてというより、むしろ足手まといになるから。

戦いの場にいるには、基紀はあまりにひ弱すぎる。

（そうだよな。邪魔だよな、俺なんか……）

思えば、基紀の二十四年間は、逃げてばかりの人生だった。力がバレそうになるたびに逃げ出した。友人も作らず、つかの間つきあった女達ともすぐに別れ、せっかく就いた公務員としての職もたった一年で手放してしまった。

いつも、いつも、逃げてばかりだった。

だが、逆に言えば、そうやって捨ててしまっても、惜しくない程度のものだったのだ。

だから、簡単に逃げ出せた。

新しい場所へと。

新しい人々の中へと。

新しい色を見つけて、心躍らせる。

そうやって、転々と居場所を変えながら、もしかしたら捜していたのかもしれない。

自分の目が捉える、いちばん美しい名前の色。もっとも美しい人の色。

だから初めてユリウスの純白を見たときに、胸が騒いだのだ。これはなんだと。この美しさはなんなのかと。

「逃げません……」

必死の勇気を搔《か》き集めて、基紀は告げる。

この胸に生まれた想いから、今度こそ逃げはしないと。まだ、恋だとはっきりと言いきれるわけではない。身体が初めて知った快感に溺れて、恋だと勘違いしているだけなのかもしれない。

それでも、いま逃げ出したら、自分はこのさき、逃げるだけの人生を送ってしまうような気がすると、基紀は自分を叱咤する。

「僕は、逃げません……！」

「きみは怖くないのか？」

問われて、意地だけで首を縦に振れば、ユリウスは、ふっと安堵《あんど》とも諦念《ていねん》ともつかぬ、ため息を漏らす。

「私は怖いな」

似合わぬ言葉が、その口からこぼれる。

「自分だけなら、どんな危険に身をさらそうとも後悔はないが。他の者を巻き込むわけにはいかない。騎士とはそういうものだ」

必死に顔を上げ、逃げまいと自分を鼓舞する基紀に、強い瞳で決意を伝えてくる。

「父は、母を伴っていくべきではなかった。たとえともに生き、ともに死ぬと誓った伴侶であろうと、母を連れて行くべきではなかった。私を残していったのだから、母も残していくべきだったのだ」

母親を失ったことへの哀惜がないとは思わないが、それ以上に、戦いの場に足を引っ張るだけの女子供は不要だという、合理的な考えもまたあるのだろう、騎士である男には。

そして、伴侶にと望んでいた基紀を唐突に突き放した理由もまた、それなのかもしれない。

二十四歳の成人男子なのに、ユリウスから見れば、自分の身も守れない子供と変わりない存在でしかないから。

「でも、僕は男です。いっしょに戦えます」

「その細腕でか？　無理を言うな」

「僕には……武器があります」

「武器？」

はい、と基紀は大きくうなずいた。

「フリードリヒ殿下の写真をサイトで拝見したけど、すばらしく鮮やかなウルトラマリンの色が、ネオンのように明滅してた。決してうその名前じゃないけど、まだ本当の名前を隠している」

「なにっ……!?」

「あの方にも、あなたと同じように、魂の名前……真の名前があるんだと思います」

「――――…!?」

その瞬間のユリウスの表情を、なんと表現したらいいのだろう。

驚愕と不安の中に、わずかな畏怖《いふ》すら感じる。

「本当か？　あそこは公爵と伯爵のふたつの爵位を持ってる。次男には伯爵の称号が入る。正式にはフリードリヒ・グラーフ・フォン・ヴァイスエーデルシュタインだ」

「ええ。ちゃんとその名前と写真を合わせて見ました。でも、やっぱりなにかが足りない。そう、最初にあなたの資料を見たときと同じように」

「…………！」

黙したままユリウスは、背後のウイングチェアに、脱力したように腰を落とした。

「まさか……本当か？　ヴァイスクロイツェン家を含めて、騎士の家系にはその伝統を残している者も多かろうが。グスタフ大公は先進的なお考えの方なのに、迷信とわかっている風習を残していらしたとは……」

「え？　でも、ウォルフヴァルトの有力者には、真の名前を持っている人が多いって」

「多いだろう、とは思っていたが、確認したわけではない。それは、公国の者同士でさえ語られることのない密事なのだ」

ふと、基紀は思い出した。

ユリウスが基紀を犯したとき、よけいな話をしすぎたと言っていたことを。それは、ウォルフヴァルトの民のあいだでさえ、口の端に上ることのないことという意味だったのだ。

それぞれの家がひっそりと受け継いできた伝統であって、他家のことまでは知るよしもない、それほどの秘密。

「僕なら……探せるかもしれない」

ゴクリ、と基紀は知らずに息を呑む。

好奇心から暴いてしまった、ユリウスの真の名前の重さの価値をひしひしと感じながら、同時に、それを見抜いた自分の共感覚にいままでにない可能性を見出《みいだ》しながら。

「あなたの真の名前を見つけたように、フリードリヒ殿下の真の名前を見つければ、それは、あの方の弱みになるんですよね？」

「きみは……!?」

なにを言うのかと、常に自分を律している男が、驚愕に目を瞠った。

考えてもみなかったのだろう、忠実なる騎士であるユリウスは。

大公家の王子の秘密を探る……それこそ、どれほどの反逆だろう。

だが、基紀は、平凡がいちばんで、群れるのが好きで、一億総中流家庭を目指す日本人だ。

八百万《やおよろず》の神々が作った国にもかかわらず、クリスマスもバレンタインデーもハロウィンさえもごっちゃにして楽しみ、盆には寺で読経《どきょう》を上げて祖先の墓に参る……宗教も伝統も無節操にとり入れたあげく、本来の民族衣装である和服を着る者は年々減っている。

そんなご都合主義の国に生まれた、一介の庶民でしかない。

二十一世紀のいまになってなお、王家の血筋だとか、騎士の誇りだとか、貴族の責任だとかを滔々《とうとう》と語り、公務にさいしては昔ながらの礼服を着用する、中世以来の伝統に縛られた国の感覚など知ったことではない。

「見つけてみせます。フリードリヒ殿下の真の名前、魂の名前を」

だから恐れもなく口にする。

「無理だ……！」

臣下であるユリウスが、あまりに不敬の極みすぎて、否定するしかできないことを。

6

大言壮語《たいげんそうご》したものの、人が意図的に隠している名前をさぐるのは、言うほどに簡単なことではなかった。

ユリウスの名前を見つけたのは、偶然の助けがあった。リヒターという名が、ドイツには多かったからだが、今度はなんのヒントもない。

印象的なドイツ語を羅列《られつ》したゲーム系サイトを見て回るくらいでは、見つけられそうもない。

それでも、フリードリヒの類《たぐ》い希《まれ》なウルトラマリンは自我の強さを表しているから、魂につけられた名前も、強さを意味するものだろう。

大公家を守る立場なのだから、戦いや、武器や、情熱や、そういった勇ましい言葉だろうと狙いをつけて、通勤のあいだも和独辞典を携帯して探しているのだが、いまのところ徒労に終わっている。

出社しても、頭の中はそのことばかりで、仕事に身が入らない。もっとも、消費低迷に喘《あえ》ぐこのご時世、宝飾専門店となると、残念ながらそれほど忙しくはない。

バックヤードでベテランの女性従業員から、糸の切れたパールのネックレスの直し方を教えてもらっていたとき、例によって山下が、慌てふためいた様子で駆け込んできた。

「おい、栗原、大変だっ！　ま、また来たぞ。金髪さんが……」

顔を引きつらせ、店のほうを指さす。

ギュンターの一件で、すっかり基紀は外人担当にさせられてしまったようだ。

「またギュンターさんですか？」

「違う、違う……もっとお偉い、お貴族様のほうだ！」

「えっ？」

それではユリウスが、自ら『GRIFFIN』に出向いてきたのかと、基紀は慣れない手作業のために緩めていた袖口《そでぐち》を直して、背広を羽織る。

いまはプライベートではないのだから、失礼のないように対応しなければと、バックヤードから出て店内を見回すが、それらしい姿がない。入り口の付近に、五人ほどの黒服の男達が、周囲をうかがいながら佇んでいる。

（あれ？　違う……）

とっさに閃《ひらめ》いた。あの男達は違うと。

見知ったユリウスのSPではないと、基紀にだけはわかる。誰にも色を感じないから。

いかにも胡散臭《うさんくさ》そうな黒服軍団に守られるように、白い礼服に輝く金髪をなびかせた男が一人、外からショーウインドウを覗《のぞ》き込んでいるのが見える。

（まさか、あれって……!?）

店から出て、その男を確認したとたん、基紀は緊張に息を呑んだ。

それまでディスプレイされていたジュエリーを鑑賞していた男が、ゆるりと基紀のほうへと顔を向けてくる。瞬間、眉間のあたりにぶつかってくるように感じた色……真夏の太陽を反射した海のような、ウルトラマリン。

(なんて、色だ……!)

山下のアホ、お貴族様違いじゃないか! と基紀は胸のうちで叫んでいた。

心構えなしに顔を合わせていい相手じゃない。牙とか狼とか炎とか、いかにも恐ろしげな異名で呼ばれるヴァイスエーデルシュタイン家の第二王子、フリードリヒその人だった。

その身にまとうのは、精緻《ちみつ》な銀糸の刺繍《ししゅう》が施された燕尾服《えんびふく》タイプの純白の正装。金糸の縁飾りに、総付の肩章《エポーレット》、純白のボウタイ、仰々しいほどの出で立ちがあまりに似合いすぎる、凛々《りり》しい姿。

(王子様自ら、敵情視察か……?)

それにしても、真の名前を隠していてさえなお、この輝きとは、すさまじすぎる。

眉間どころか、額全体を押されるような圧迫感に、息すらろくにつけない。しょせん観光客向けの笑みを作ったサイトの写真では、生身の人間の迫力は伝わってこないということか。

ユリウスに会ったときも、散々写真で確認しておきながら優雅な姿に驚いたものだが、ここまでの圧力は感じなかった。

もしも最初に命じられた交渉相手が、ユリウスではなくフリードリヒだったら、基紀は顔を見ただけで逃げ出していただろう。

(王子だからか……?)

この男の秘密を……真の名前を探ろうなどと、よくも考えたものだ。

いやな汗が、ひやりと背筋をつたい落ちていくのを感じる。

それでも、いまは『GRIFFIN』の従業員として、恥ずかしくない対応をせねば。

「カ……Kann《カン》 ich《イッヒ》 Ihnen《イーレン》 helfen《ヘルフェン》?」

最初の一声を噛んでしまったが、ようやくのことで、『いらっしゃいませ』という初歩のドイツ語を絞り出す。

「Mein《マイン》 Name《ナーメ》 ist《イスト》 Motoki《モトキ》 Kurihara《クリハラ》……」

私は栗原基紀です、と告げたものの、そのあとが続かない。最低限の会話例くらいは覚えたはずなのに、まるで蛇に睨まれた蛙《かえる》状態で、思考がストップしてしまった。

「モトキ・クリハラ……?」

フリードリヒの基紀を見る青い瞳は、どこか悪戯《いたずら》っぽい輝きを宿している。

身長はユリウスと同じほどだが、顔立ちにしても体格にしても、騎士を自認するユリウスに比べれば、逞しさという意味では劣るかもしれない。

なのに、迫ってくる圧力は、ユリウスのそれを遙かにしのぐ。

「なるほど、おまえがユリウスのお気に入りとやらか？　この『ＧＲＩＦＦＩＮ』といいおまえといい、あれもいきなり趣味が悪くなったとみえる」

たどたどしい基紀の挨拶《あいさつ》に対して、返ってきたのは、完璧かつ横柄な日本語だった。

ユリウスにしても、この王子にしても、ウォルフヴァルトではいったいどんな日本語教育がなされているのだろうかと、こんな状況で考える必要もないことが無駄に頭に浮かぶのは、すでに逃避している証拠だ。

「ユリウスに伝えておけ。私は角笛を鳴らすことにした」

角笛を鳴らす…？　意味わかりません、と呆然《ぼうぜん》と見送って、その姿がすっかり見えなくなって、ようやく基紀は息を吐いた。

とたんに全身の力が、がっくりと抜ける。

本人に会ってわかった。なまじな自己顕示欲ではない。

優美華麗な長髪ブロンドと碧眼のせいか、外見はいかにも王子様然としているが、内面には、騎士を自認するユリウスよりも、なお獰猛《どうもう》なにかが隠されている。

まるで突き刺さってくるようなウルトラマリンは、不安定に明滅してさえ、畏怖すら感じるほどだ。思わずその場に、額《ぬか》ずきたくなるほどの……。

（そうか、戦いとか武器関係の言葉じゃない。あれは……自然現象だ！）

唐突に、そう閃いた。

人間は、どうやっても太刀打ちできない天災を前にしたとき、ただ立ちすくむしかできないものだ。フリードリヒに感じた畏怖は、嵐や雷鳴を前にしたときの、本能的な恐れに似ている。

急いでバックヤードにとって返し、ネット接続しているパソコンの前に陣取り、ウォルフヴァルトのサイトからフリードリヒの写真を開く。

「おい、なんだって、あの王子様？」

背後から聞こえる山下のおどおどした声も無視して、マウスを操りブックマークしてある翻訳サイトを開く。日本語からドイツ語へ、簡単な単語ならすぐに変換できるし、発音も聞ける。

さっきフリードリヒから感じたイメージに合った、自然現象を打ち込んでいく。

嵐、竜巻、雷鳴……どれも違う。

根本的なところで考え違いをしているような気がするのに、それがなにかわからず、基紀はフリードリヒの写真を無為に見つめ続けた。

その日の夜、なんの成果もないまま、基紀は『グランドオーシャンシップ東京』を訪れていた。

コンシェルジュに先導されて、シークレットフロア直通エレベーターに乗ったとき、閉まりかけていたドアが再び開いて、長身の男が入ってきた。

一目で誰だかわかった。

このホテルのオーナー、白波瀬鷹《しらはせたか》だ。ユリウスと同じ三十二歳。

財界ではまだまだ若造の部類だが、『白波瀬ホテルグループ』の跡継ぎとして以上に、この不況下でもなおラグジュアリーホテルを成功させ続けている男として、名のある経済誌にも堂々とご尊顔を載せている。

確か、母親がギリシャ人とかで、ラテン系の血を引く見事な体軀《たいく》は、ゲルマン民族であるユリウスにさえ、引けをとらないほどだ。

基紀だって一七四センチはある。決して男として低いわけではないが、細身なのは否めないし、こうして並んで立つと、十センチ以上の差がある。どうしてこう人のコンプレックスを刺激するような男ばかりがうようよしているのだ、このホテルにはと、基紀は内心で舌打ちする。

さらに、セレブ御用達《ごようたし》のホテルオーナーに見合った自信家らしく、横目でうかがっただけで、眉間のあたりに、フリードリヒの色にも似た鮮やかな青を感じる。

海の色だな、と流し見ながら思う。

「失礼。ユリウス様のお知りあいですね」

目が合ったとたん、すばらしく魅力的な低音で問われて、基紀は慌てて顔をオーナーのほうへと向ける。

「あ、はい。『ＫＳデパート』のジュエリー部門に勤めています。栗原基紀と申します」

「ああ。『ＧＲＩＦＦＩＮ』の……。珍しいこともあるものだ。ユリウス様が、日本の宝飾関係者とお会いになるとは」

「え？」

「今回のスケジュールにもジュエリー業界との懇談はなかったはずだが。さて、どうしてわざわざ揉め事をおこすような……」

基紀に向かってというより、自問するような呟きを最後まで言う前に、エレベーターが目的の階に止まる。

「では、私の部屋はあちらなので」

セキュリティドアを出たところで、オーナーは基紀と反対方向の廊下に足を踏み出しながら、まるでここに住んでいるように言う。

「このフロアは、警備の関係で貸し切りじゃないんですか？」

「その警備を手配してるのは私ですから」

「あ、そうですね」

「このフロアも、もともとは私が居心地のいいようにと造ったものですから。どんなＶＩＰでも元祖Mr.シークレットフロアを追い出すわけにはいきませんよ」

堂々と言いきって去っていく、濃紺のスーツの背中を見ながら、基紀は呟いた。

「Mr.シークレットフロア……？」

「それはホテルマン達の暗語だ。このフロアに泊まっている客の名前は、うかうかと口にするわけにはいかないから、そう呼んでいるのだよ。等しくMr.シークレットフロアと」

何度目にしても、ロココの華麗さに圧倒されるリビングで、ユリウスはウイングチェアに寄りかかり、桂が用意してくれた紅茶を味わいながら、対面のソファに腰掛けた基紀に、端的に説明してくる。

「なかなか印象的な男だろう。白波瀬鷹という男は」

「あ、はい。……そうなんだよな。白波瀬って苗字《みょうじ》だったんですよね」

うなずきながらの基紀の独り言を、ユリウスが拾って、なにか？　と問いかけてくる。

「白波瀬という苗字からは波立つ海が連想できるし、鷹という名前も強さを表してるから、あの人の色が海の色だというのは、すごく納得なんですが」

「名は体を表すのだろう？」

「ええ。でも、僕が見る色は、その人の名前に使われている文字とは、無関係なことのほうが多いんです。たとえば『ＫＳデパート』の社長は黒沢《くろさわ》さんだけど、僕が感じてる色は緑系なんです。そう、ターコイズグリーンっていうのかな」

言いつつ、自分の雇い主である男の顔を思い出す。それが基紀にとって不快な色ではなかったことも、『KSデパート』を再就職先に選んだ理由のひとつだった。老舗《しにせ》百貨店ゆえの旧態依然の体質も、長いものには巻かれたがる基紀にとっては、むしろ好都合。

おとなしく流されていれば、さほど居心地が悪くはなるまいと高をくくっていたのだが。実際に勤めてみると、イエスマンばかりを徴用している会社は、それほど楽しい場ではなかった。

もっとも、山下のような腰巾着がいたからこそ、ユリウスとも知りあえたのだ。

それが基紀の人生にとって、幸運だったのか不運だったのか、まだわからないが。

「普段は、人の顔と名前と同時に色を見るから、たとえ『青井』さんの色が赤でも、変だとは思わないんです。でも、色から名前を考えようとすると、どうしても色のイメージに左右されてしまって……」

それがいけなかったのかもしれないと、まさに名は体と色を表していた白波瀬鷹に出会って、逆に気づかされた。

「フリードリヒ殿下の色……あの目が覚めるようなウルトラマリンのイメージに捉われすぎてたのかもしれない」

ユリウスの名前を探したときは、ほとんど意味など考えもせずに、ドイツ語の単語が羅列してあるサイトを片っ端から見て回った。あのときのように先入観なしに、直感で捉えなければならなかったのだ。

「フリードリヒ殿下から感じたのは、すさまじい圧力でした。たとえるなら台風の中に放り出されたような。だから、津波とか暴風雨とか、水に関した脅威の言葉ばかり探してたんです」

だが、共感覚は言葉を覚える以前から身についている力だ。まだ、海や空が『青い』という言葉で表されていることさえ知らないほど幼いころから持っていた、本能のようなものなのだ。

「このさい、ウルトラマリンってことは忘れましょう。ウォルフヴァルトの自然の力で、もっとも恐ろしいもの……畏怖の念を感じるようなものは、なんですか？」

「それは、やはり雪だろう。冬の厳しさは他の比ではない」

「雪、吹雪《ふぶき》、氷柱……ドイツ語で書いて、発音してみてくれませんか」

まずはパソコンで、フリードリヒの写真と、エディタソフトを開く。基紀が思いつくままに並べていく言葉を、ユリウスがドイツ語で発音しながらエディタの画面に単語を打ち込んでいく。

「うーん、なんかピンとくる言葉がないな。ものすごい圧力を感じたから、吹雪とか嵐とかかと思ったけど、そうじゃないのかな？　もっと恐ろしいものってありますか？」

基紀の問いに、ユリウスはしばし考え込んでいたが、ふと思い出したように呟いた。

「……雪崩《なだれ》は、どうだ？」

「雪崩、ですか？」

「子供のころ、まだスイスにいたときだが、スキー場で雪崩に呑まれそうになったことがある。一気に斜面を下ってくる勢いは、まさに圧力だった」

言いつつユリウスは、キーを叩《たた》く。

「Lawine《ラヴィーネ》……雪崩だ」

ラヴィーネ……と鼓膜が捉えたとたん、なにかを感じたような気がして、基紀はフリードリヒの写真を見ながら、その名を唱える。

「フリードリヒ・ラヴィーネ・グラーフ・フォン・ヴァイスエーデルシュタイン」

瞬間、眉間のあたりで感じていたイメージがいっそうクリアになった。

（これだ……！）

それは唯一の直感。誰も保証などしてくれない。ただ、基紀の共感覚がそれを捉えるのだ。

フリードリヒの写真から感じていた鬱陶《うっとう》しいほどの明滅が、緩やかになっている。そのぶん、色合いはさらに増した。とはいえ、まだ不安定だ。

「これがそうです。ラヴィーネはフリードリヒ殿下の名前のひとつです。でも、まだ足りない。まだ他にも秘密の名前がある……」

「そうだな。最低でもふたつはあるはずだ。私の場合も、父と母がひとつずつつけてくれた」

「でも、見つけられた。ひとつでも……」

なんだろう、この胸に満ちるものは。

嬉しい……。幼いころから家族にさえうとまれていた自分の力が、ようやく役に立ったのだと、誇らしいような気持ちが、じわじわと湧き上がってくる。

「やれます、僕。きっと見つけてみせます」

期待に躍る声のさきに、基紀の達成感とは裏腹の、浮かない顔があった。

「いや……。もういい」

ユリウスは、ゆるりと首を横に振る。

「え？」

「これは、あまりに不敬にすぎる。大公家の王子の真の名を探るなど、貴族の誇りを持つ者がするべきことではない」

立ち上がりながら、都会の夜を鮮やかに映す窓辺へと、歩み寄っていく。

「偶然にしろ、私の真の名を見つけてしまったことで、きみはとんでもない運命に巻き込まれたわけだ。それは、知ってはいけないという警告なのだと思う」

達観したような、静かな背中が語る。

とんでもない運命か、と基紀は思う。

確かに、ユリウスの伴侶にと望まれたあげく、強引に身体までも奪われてしまうなんて、目立つことを嫌った基紀の二十四年の人生を根底から揺るがす出来事だった。

「それは、最初は驚いたけど……」

想像外のユリウスの言動に、怯えもした。憤激と失望が入り交じって、理不尽さに泣きたくなった。だが、それも、初めて抱かれたときまでのこと。

どれほどユリウスが、端整な美貌《びぼう》で、甘いハスキーヴォイスで、ピーコックグリーンの瞳の優しい輝きで、妖しく誘いかけてきたとしても、いけないとわかっていながら身体の要求に逆らいきれず、それを受け入れたのは基紀なのだ。

少なくとも二度目のときは、逃げられるだけの隙をユリウスは作ってくれていた。なのに、初めて覚えた官能に抗えず、逃げるどころか、無我夢中でしがみついてしまったのだから。

「僕は……とんでもない運命だなんて、思ってません」

いや、確かにとんでもないのだが、憤怒《ふんぬ》も疑念も困惑も、いまは不思議なほどきれいに消えてしまった。

代わりにあるのは不安。それも、自分のことではなく、ユリウスの身に降りかかるかもしれない危険への不安だ。

出会ってからまだ二週間ほどでしかないのに、この胸からユリウスに向かう気持ちは、意外なほどに反転してしまっている。

人の名に白を見たのは初めてだから、特別に思えるのかもしれない。

それに、身体の相性が抜群にいいのは、疑いようもない。

その上、実際、同性の目から見ても、見惚《みほ》れるほどに美しい男だ。

でも、たったそれだけのことで、同性愛者でもない基紀が、こんなにも入れ込んでしまうものだろうか。

自分の力を他人に知られてはいけないものだと認識したときから、本当にひっそりと生きてきた。常に平凡であろうと、息を殺すようにして周囲に埋没し、信じられる友人も恋人も作らずに、独りで生きていくのだろうと思っていた。

おとなしい性格に見合った、退屈だが不安もない、変わらぬ毎日を。

夢も、望みも、愛もなく。

でも、本当は、生きながら死んでいるかのような日々に、うんざりしていたのかもしれない。なにかを望んでいたのかもしれない。もっと心躍らせる出来事を。わくわくと、どきどきと、胸を弾ませるものを。ときには痛いことも、つらいことも、哀しいこともあるけど、それでも生きていると実感できるものを。

「俺は、後悔なんかしてない！」

白い礼服の背中に、基紀は告げる。いま言える唯一のことを。

「後悔はない、か」

オウム返しに呟いて、ユリウスが振り返ったとき、ノックの音とともに桂が姿を現した。

「失礼します」

慌てることを知らない執事の声が、どこかいつもより緊張しているように聞こえる。

「どうした？」

「フロントにお客様がおいでです。フリードリヒ・フォン・ヴァイスエーデルシュタイン殿下が、お供の方を引き連れて」

「なに？」

基紀が「ひぇぇ〜！」と頓狂《とんきょう》な叫びをあげているあいだに、ユリウスは美麗な眉をわずかに寄せた。突然の来訪の理由が決して楽しいものではないとの想像はつくが、どれほど顔を合わせたくない相手でも、大公家の王子を追い返すわけにもいかない。

「お通ししてくれ。だが、ＳＰは下のフロアで待機していただこう。どのみちここは警護など必要のない場所なのだから」

桂に向かって命じる、覚悟を決めた男の声に、揺らぎはない。

「くれぐれも失礼のないように」


桂の案内で、リビングに入ってきたフリードリヒを見て、基紀は息を呑んだ。

身にまとう燕尾服タイプの正装は、ロココの風雅に満ちた部屋には似合いすぎて、目が眩《くら》むほどだが、それ以上に基紀の意識を引いたのは、腰に下げた細身の剣だった。

単なるお飾りなのか、実際に使えるものなのか。もしも後者なら銃刀法違反だが、どうせ外交特権をひけらかすに違いない。

「これはまた、麗しくもまた勇猛果敢な出で立ちで」

ユリウスも同じことを思っていたらしい。

皮肉を含んだ言いざまに、フリードリヒは薄い唇の端を悠然と上げる。

「敵陣に丸腰で乗り込むほど、私は自信過剰ではないのでね」

どの口で言うか、と傲慢《ごうまん》の塊のような王子を前に、基紀はうんざりと思う。

「だいたい、私は角笛を鳴らすつもりだ、と伝言を頼んだはず」

そういえば、そんなことを言われていたようなと、基紀はユリウスと視線を合わせる。

「えーと、確かに伝えてくれって言われたけど、意味、わかんないんですが……」

「戦いの角笛を鳴らす、ということだ。フリードリヒ殿下は、本気で私と戦うおつもりらしい」

「えっ……!?」

鬱々《うつうつ》としたユリウスの声も、基紀の驚愕も、どこ吹く風とフリードリヒは艶然《えんぜん》と笑う。

「本気でない戦いがどこにある。きさまとはずいぶん長いあいだ剣を交えていない。ちょうど見物人もいることだし、久しぶりに手合いを楽しみながら話というのも、一興」

仰々しい物言いで、フリードリヒは腰に下げた剣に手をかける。獅子《しし》の彫刻が施された柄を握るやいなやの、抜刀。

「ただし、今日は、フェンシング用のフルーレではないが」

キラリと閃光《せんこう》の輪を描いて流れた剣先が、まっすぐにユリウスに向けられる。

（ほ、本物のサーベルだ……！）

フェンシングの試合で見るような、相手の身体に触れたとたん、大きくたわむ柔軟さを持ったものではない。

細くしなやかではあっても、確かに鋼の強さを持った、緩く弧を描いた片刃の剣。戦うために、身を守るために、そして敵を倒すために、名のある鍛冶師《かじし》の手で鍛え上げられた剣だ。

「まずは、私の部下が勝手に動いたようだが、それについては謝る気はさらさらない。そちらが予定外の行動に出たのが、勇み足の原因なのだからな」

やはり、ユリウスを襲ったのはフリードリヒの部下だったのだ。

なのに、お偉い王子様は、謝るどころかこの開き直りようだ。

「聞かせてもらおう。『ＧＲＩＦＦＩＮ』とやらとなにをこそこそやっているか。答えいかんでは、この剣がきさまの喉笛を突くぞ」

「さて。たとえ大公家の王子のお言葉であろうと、この命、そう簡単に差し上げるわけにはまいりません」

ユリウスは、サーベルを構えるフリードリヒから一瞬たりとも目を離さぬままで後退《あとずさ》ると、部屋の彩りのひとつとして壁に掛けてあった剣を手にとる。

凝った柄のデザインや、両刃だが細身の刀身は、装飾用としか思えなかったのに、どうやらそれもまた護身用の本物らしい。

「私も騎士の端くれ。剣を向けられた以上、退くことはできません。ご遠慮はできかねます」

「誰を相手に言っているか？」

ギィィィーン！　と金属が激しくぶつかる不快な音が、いにしえの宮殿を摸した部屋に、あまりに似つかわしく響き渡る。

（ああ……、やっぱりこいつらゲルマン人だぁ……）

せっかくどちらも麗美な出で立ちのお貴族様なのだから、桂の淹《い》れてくれた紅茶を飲みながら、ゆるりと話しあいでもすればいいのに。結局のところ、戦いにこそ血を騒がせる男達なのだ。

鎧に身を包み、蹄《ひづめ》の音も高らかに馬を駆り、押し寄せる敵に向かっていったゲルマンの民の血を、ここぞとばかりに全身から溢れさせて、交える刃が火花を散らす。

「ヴァイスクロイツェン家は、スイスで磨いた精密機器の分野を。我が大公家は、先祖伝来の宝石研磨を中心とするジュエリー産業を、公国のために成長させようと、それが兄上ときさまとの約束だったはず」

絶え間ない金属音の中、目にも留まらぬ速さで剣を繰り出しながら、息も乱さずフリードリヒが言い放つ。

「なのに、きさまは時計だけでなくジュエリー産業にも手を出した」

大きく前に踏み出した一歩の勢いのままに突き出される剣先が、容赦《ようしゃ》なくユリウスの礼服の袖を掠める。それを素早くかわし、再び突いてきた剣を、ユリウスの刀身が受け止める。

拮抗した力に二人の動きが止まり、眼差しが間近に絡みあう。だが、微動だにしないそのあいだも、鍛えられた互いの筋肉は、全力で相手を押し戻そうとしているのだろう。

「ムービングジュエリーは、大公家の伝統的な宝飾品とは、デザインも顧客も異にするもの。遊び程度ならかまわないと、ハインリヒ殿下から許可はいただいた」

「それは、販路がヨーロッパにかぎった場合だったはず。忘れたわけではなかろう」

ギン、とひときわ鋭い響きをたてて、ほとんど同時に、二人の身体が後方へと飛んだ。

床を踏み締めるなり、双方とも瞬時に体勢を整えて、再び剣を構えて対峙《たいじ》する。

「兄上は、ウォルフヴァルトと日本との取引に関しては、『ジュエリー陣野《じんの》』に独占権を与えている。その上、『GRIFFIN』はオープンのさいに、意図的に『ジュエリー陣野』の顧客を引き抜こうとした」

天井まで高々と響くフリードリヒの言葉に、基紀は「え……?」と、耳を疑った。

(なにを言った、いま……?)

基紀の心の問いに答えるように、フリードリヒの声が、さらに続く。

「いわば、『GRIFFIN』は、ウォルフヴァルトの皇太子に敵対したのだぞ。そのことを忘れたか?」

円を描きながら鋭く突いたフリードリヒの白刃が、ギィンと金属が擦れあう音を立てて、ユリウスの剣を大きく弾き、遠慮のない一撃を打ち込んでいく。

目の前に迫った剣先を、身をかがめて紙一重で避けたユリウスは、その勢いのままに伸ばした右脚で、フリードリヒの足を払い除《の》けようとする。

だが、それくらいはフリードリヒも察していたのだろう、軽々とジャンプして一メートルも後退ったと思うと、一瞬にして体勢を立て直す。

ユリウスもまた防御の形をとって、叫ぶ。

「わかっている。だから、『GRIFFIN』からの申し出はずっと断り続けてきた。今回の来日でも会う予定はなかった」

「だが、すでに交渉をはじめているのだろう。そこにぼけっと突っ立っている男と」

戦いの最中に油断はしないとばかりに、対峙する相手の動きを全身で探りながら、ほんの刹那《せつな》、フリードリヒが基紀を一瞥《いちべつ》した。

「――……!?」

あまりに意外すぎる二人の応酬に、ほとんどパニック状態の基紀は、フリードリヒの言うように唖然《あぜん》と立っているだけだ。

頭の中には、フリードリヒの叫び声が、ぐるぐると渦巻いている。

(ウォルフヴァルトと日本との取引は、『ジュエリー陣野』が独占してるって……?)

こんなとき、無知は言い訳にならない。

だが、ジュエリー部門に配属されてようやく一カ月半の見習いでしかない基紀は、ウォルフヴァルトと日本との取引が、六本木《ろっぽんぎ》に本店を構える宝飾専門店『ジュエリー陣野』を介してのみ行われていることすら、知らなかったのだ。

（それで、黒沢社長でさえ、アポをとることができなかったのか……）

大量生産ができないというのも、うそではないのだろうが、『LOHEN』が頑《かたく》ななまでに日本への出店を断り続けてきた本当の理由は、皇太子との約束ゆえだったのだ。

素人《しろうと》同然の基紀をユリウスのもとへと送り込もうとしたこと自体、妙だとは思っていたのだが、そういう事情があったのだとしたら、フリードリヒの怒りは当然だ。

――『GRIFFIN』は、ウォルフヴァルトの皇太子に敵対したのだぞ。

来日のスケジュールにはなかったのに、現に『GRIFFIN』との提携話を進めている以上、ユリウスが皇太子を裏切ったと思われても、しかたがない。

（でも……、それは俺のせいだ……）

もしも基紀が、ユリウスの真の名を見つけなければ――自らの最大の弱みを握られなければ、ユリウスだとて、基紀の説得などには応じなかったはず。

「俺の……力が……」

どれほど家族から奇異に思われようと、他人の目を恐れて逃げ続けていようと、基紀は自分の共感覚をいらないと思ったことはなかった。自分だけが特別だなんて優越感に浸っていたわけではないが、普通の人には知ることのできない美しい世界を失いたいとは思わなかった。

いま、基紀が捉える世界。純白とウルトラマリンの、目も覚めるような鮮やかな戦い。

「たとえ口約束であろうと、貴族同士の誓いは絶対のはず。それをきさまは破った」

フリードリヒの怒りは、どこまでもまっすぐで迷いがない。対して、ユリウスには、皇太子との約束を破ったという負い目があるぶん、守りが甘くなっていく。

(俺が、こんな力を持っていたから……)

いま初めて、基紀は自分の力をうとましく感じていた。なまじ、本当の名前を見抜ける力など持っていたから、ユリウスに裏切り者の誹《そし》りを受けさせることになってしまった。誰よりも公国と民を愛する男に、皇太子に反旗を翻したとの汚名を与えてしまった。

そのユリウスが、フリードリヒと対等に戦えるわけもなく、じりじりと圧倒されて、ついに窓際へと追い込まれてしまう。

だが、ネオン煌めく都会の夜を背景にしてもなお、ユリウスの白は揺らぐこともない。

その心のうちにある決意が見える。与えられる制裁は甘んじて受けると、それだけの覚悟があるのだ、ユリウスには。

(こんな力なんか、いらないっ……!)

身のうちから湧き上がる思いに突き動かされるように、基紀は叫んだ。

「やめてくださいっ！　俺なんだ、全部俺のせいだ……。フリードリヒ・ラヴィーネ殿下！」

ようやく見つけた、フリードリヒの真の名前を。

それを耳にしたとたん、基紀のことなど刺身のツマ程度にしか見ていなかったフリードリヒが、手に持つ剣よりもさらに鋭い視線で、ギンと睨《ね》めつけてきた。

「きさまっ……！」

鼓膜に突き刺さる声とともに、流れる金髪が宙に舞う。大きく床を蹴ったフリードリヒが、基紀目がけて迫ってくる。

それは一瞬のこと。なのに、スローモーションのように、すべての動きが網膜に焼きついた。

まっ白な礼服、氷のような剣、太陽の輝きを思わせる金髪。

そして、抜けるような空を思わせる、ウルトラマリンの青。

（ああ、まさに雪崩だ……）

それは、抜けるように青く澄んだ空の下、積もり積もった雪が、太陽光で緩んだときにおこるものだ。まばゆい光の中で、すべてを打ち砕くために流れ下る……。

呆然とそんなことを思っているあいだに、フリードリヒの姿が視界から消えた。

直後、首を締めつける力を感じて、基紀は、はくっと大きく口を開く。いつの間にか背後に回っていたフリードリヒの左腕が、基紀の首をぎりぎりと締めつけていたのだ。

「なぜ、知っている？」

耳元で、疑念をひそませたような、押し殺した声が問う。全身から感じる驚愕と怒気に、ラヴィーネこそが、まさにフリードリヒの真の名前のひとつだったことがわかる。

基紀の直感は外れなかった。外れては共感覚ではない。

わかってはいても、呑気に自分の力を認識している場合ではない。

「言わねば、この首、かっ切る！」

あまりに物騒すぎる脅《おど》しとともに、喉元に剣の刃が突きつけられた。ひやりと肌に触れる感覚が恐ろしすぎて、身動《みじろ》ぐどころか息を呑むことさえできない。

「やめろ、フリッツ！」

ろくに口を開くこともできない基紀の代わりに、ユリウスの必死の嘆願が響く。

「やめてくれ、フリッツ！　私が頼んだのだ、基紀に。きみの弱みを探ってくれと」

告げるなり、持っていた剣を投げ捨て、両手をゆっくりと開き、無防備な姿をさらす。

フリッツと……それは王子にではなく、友人に向ける言葉だ。

「どうやって？」

「勘のようなものだ。だが、これ以上は探らないと約束しよう」

「きさまの言葉が信じられるか？」

「父と母が残してくれた、私の真の名を教えよう。リヒター・フリューゲンだ」

自分の最大の秘密、伴侶にしか教えない名前がユリウスの口から発せられた瞬間、基紀は首筋に押し当てられている刃の感触すら忘れて、驚愕に叫んだ。

「ユリウス、言っちゃだめだっ……！」

「もういい。大公家の王子の秘密を探ろうとすること自体、してはならないことだったのだ」

すでに諦念を刻んだユリウスの顔に、さっきまでの猛々しさはない。

「大公にいただいた騎士の誇りと、両親の名誉にかけて誓う。フリッツ、これできみは私の最大の秘密を手に入れたのだ」

「それがおまえの真の名ならば、どうして、こんな日本人が知っている？」

フリードリヒは基紀を捉えたまま、油断なくユリウスに問いかける。両親と伴侶しか知らない名前、それをたかが仕事関係者の前で口にするはずがないと、疑っているのだ。

ユリウスは誇らしげに胸を張り、ハスキーヴォイスを凛《りん》と響かせた。

「彼は……栗原基紀は、私の真の名を知る唯一の相手。私の伴侶となる人なのだ」

口元に優雅な笑みを浮かべて。

「伴侶、だと……？」

ようやく首を締めつけていた手が緩み、剣がわずかに離れる。その隙に、基紀はゼーッと喉を鳴らし、呼吸すら忘れていた肺に思いきり酸素を吸い込む。

「これが？」

虚を突かれたような唖然とした呟きが、背後から聞こえる。

（悪うございましたね、これで。さすが王子様、お偉い物言いで）

そう思うものの、実際、呆れられてもしょうがないほど、伴侶というには無様すぎる。

ユリウスを助けるどころか、足手まといになっているだけなのだから。

「では、もしや、左手の薬指にはめているのは、エンゲージリングか？　なぜ、こんな男が『LOHEN』のムービングジュエリーをとは思っていたが」

「基紀のために作った、世界でただひとつの指輪。だが、唯一の大切な人に比べれば、宝石などとるにたらない」

それは、本気の言葉であるはずがない。

「基紀こそ、私と生涯《しょうがい》をともにする人だ」

フリードリヒから基紀を守るための、芝居にすぎないはず。

なのに、優しい微笑《ほほえ》みも、真摯な言葉も、誇らしげな態度も、そのすべてがまるで真実のようで、基紀の胸を甘やかな期待で満たしていく。

(ああ……、それが聞きたかったんだ)

一時しのぎの誓いでもいい。

あとから、きみを助けるための方便だったと、言い訳されてもかまわない。

この瞬間の幸福感は、間違いなくユリウスが与えてくれたものだから。

この場でフリードリヒの剣の錆《さび》になってもかまわないと、基紀は呼びかける。

「ユリウス・リヒター・フリューゲン……」

いまはこんなにも大切な人の名を。

そのとたん、ドンと背中を突かれて、基紀はユリウスのほうへとまろんでいく。とっさに広げた両手に抱きとめられて、素直すぎる鼓動が高鳴った。

「呆れたものだ。その程度の男を……」

背後で、緊張感を解いたフリードリヒが、やってられないとばかりに吐き捨てる。

「だが、どんな相手であろうと伴侶と決めたからには、おまえは浮気はしまい。男同士では子供のできようはずもなし。たとえ親類縁者から養子をもらおうと、おまえの子種でなければ恐るるに足らぬ。ヴァイスクロイツェン家の行く末は暗たんたるものだ。となれば、こちらも事を荒立てる必要はない」

「信じていただけましたか?」

「その代わり、一筆したためてもらおうか。おまえ亡きあとには、公爵家は断絶。私財のすべてを公国に寄贈すると」

「最初からそのつもりです。私はウォルフヴァルト大公国における、一代きりの、そしてヴァイスクロイツェン家、最後の騎士です」

一九九〇年、ウォルフヴァルト大公国として独立を果たして以来、最初にして最後の公爵と、ユリウスは心に決めていたのだろう。

「では、騎士としての責務を果たせ。手はじめに国立病院を建てる計画がある。施工費用はおまえの財団が捻出《ねんしゅつ》してくれ」

ふてぶてしいフリードリヒの命令に、右手を胸に当て、わずかに上体を倒して、ユリウスはうやうやしく礼をとる。

「御意のままに」

服従の証のはずなのに、まるで役者が観客のカーテンコールに応えるかのような、晴れやかさを全身からほとばしらせて。

「兄上には、私から話を通しておく。せいぜい『LOHEN』に稼がせましょうと。それだけ公国が潤うのだから」

フリードリヒは義務的に言うと、素早くきびすを返してドアのほうへと向かう。

ふと、なにかを思いついたように立ち止まり、肩越しに振り返る。

「宗旨変えはともかく、あまりいい趣味ではないな。もったいないことだ。ウォルフヴァルト一の美丈夫が」

「いいえ。私に基紀がもったいないのです」

「つまらんセリフはもういい。まったく恋は男をフヌケにする」

ふん、と鼻先で吐き捨てると、もう用はないとばかりに、フリードリヒは足早な靴音を響かせて部屋をあとにした。

お騒がせ王子の消えた部屋で、基紀はがっくりとその場にへたり込んだ。慌てて支えてくれるユリウスの胸に、いまも無事に胴体と繋がっている頭を、ことんとあずける。

「すまなかった。怖かったろう?」

「ちょ、ちょっと……腰が抜けた、みたい」

どんなときでも冷静に見えるユリウスだが、礼服に押しつけた耳にドクンドクンと響いてくる心音は、意外なほどに乱れている。

それこそは、ユリウスが力のかぎり、基紀のために戦ってくれた証拠だ。

「でも、芝居の巧さに感動しちゃいました」

うっとりと聞き入りながら、基紀は呟く。

「誰も芝居などしていない。すべて本当のことだ。口先だけの言葉で、フリッツを欺《あざむ》けるわけがなかろう」

「え……?」

「王子に誓った以上、もう後戻りはできぬ。基紀、私はきみを伴侶にするぞ。きみが望まずとも、連れていくことに決めた」

本気で言っているのかと仰ぎ見たさきに、どこか照れたような、それでいて真摯な眼差しのユリウスの顔がある。

「で、でも……まだ出会って、二週間もたってないのに」

「時間など関係ない。日本語にもあったはずだが。一目惚れという言葉が」

「一目惚れ……?」

とくん、と鼓動が弾けて、ユリウスも一目惚れだったのかと、淡い期待が芽生える。

「ああ、きみが私にね」

なのに、にっこりと笑んで、傲慢なお貴族様は、見事な肩すかしを食らわせてくれる。

「きみは最初から私に見とれていた。きみの言うところの、純白に」

もっとも、それを否定できないのが悔しいところなのだが。

「だから連れていくことにした。人は、ウォルフヴァルトは春がいちばんいいと言うが、私は秋が好きだ。美しい季節だ。きみがそばにいれば、もっと美しいだろう」

「僕が、そばにいれば……?」

「ああ。きみとなら生涯をともにできると思ったのは、そこの窓からきみと見る夜景が、思いのほか美しかったからだ」

何度も日本にやってきて、うんざりするほど見た景色――なのに、基紀がそばにいると初めて気づいたような美しさを放っていた、とユリウスは真顔で言って、基紀の手をとる。

左手の指に、いまも変わらず輝いているエンゲージリングに口づけて誓う。

「きみに見せてあげよう。私の城、私の民、私の国……私が愛したものをすべて」

信じられないような言葉を聞きながら、たとえこれが一夜の夢でもかまわないと、基紀はユリウスを仰ぎ、自ら望んで答えの代わりの口づけを贈ったのだ。

7

さらわれるようにユリウスの逞しい腕に横抱きにされて、連れていかれた寝室の天蓋《てんがい》つきのベッドの上、一刻も惜しいと二人の身体が絡みあう。

より深く合わさる角度を模索し、何度も組みあわせを変えるたびに、溢れた唾液で唇どころか顎《あご》にまでも広がっていくぬめりが、身のうちにひどく貪欲ななにかを芽生えさせる。

欲しい、欲しい、もっと欲しい。

遠慮もなく喉奥にまで侵入してくるユリウスの舌を、同じほどに強く搦《から》めとって、求める気持ちのままにひたすらしゃぶる。とろけるように熱く、それでいて甘露な口づけに、二人、どっぷりと溺れるあいだにも、経験豊富な男は、もはや邪魔なだけの基紀の服を脱がせていく。

柔らかいうなじや、鎖骨の窪《くぼ》みや、淡く色づいた乳首や、基紀の感じやすい部分を愛撫しながらシャツを脱がせ、そして自分もまた逞しい裸体をさらしていく。

そのあいだも、押しつけられた股間からは、どちらのともわからぬ、脈動がどくどくと解放を求めて響いている。

互いに腰を浮かしながらスラックスを脱がしあって、そうしてすっかり一糸まとわぬ姿になってもまだ、すさまじく長い口づけは続いている。

たっぷり十分は続いただろうキスの終わりに、息苦しさにひゅっと喉を鳴らす基紀を気遣ってか、ようやくユリウスの唇が離れていく。去っていく熱が惜しいと、最後に舌先を繋いだ銀糸をすすった所作のまま、新鮮な空気を吸い込んで、荒い上下動を続ける胸に送り込む。

「あ……？」

うっすらと薄目を開けて見上げれば、素肌をさらす美しい生きものに、鼓動が弾む。

あさましく灯る情動に、身のうちが疼《うず》く。

欲しいと言葉にする必要もないほど性急に、腰を抱かれて体勢を入れ替えられる。気がつくと、ベッドに横たわるユリウスの身体を跨《また》ぐような形になっていた。それも、剝《む》き出しの尻をユリウスの顔に向けるような体位で。

「え…？　な、なんで……？」

羞恥に全身を火照らせると、そんな反応すら可愛いと、ユリウスが笑う。

「少々動きすぎた。傷が引きつる。だから、きみが上になってくれ」

うそだ！　と基紀は叫びたかった。

ついさっきまで、嬉々《きき》としてフリードリヒと剣を交えていたのは、どこの誰だと。

でも、すでに臨戦態勢に入った男は、そんな追及をする余裕など与えてくれない。

器用な指先が基紀の双丘の狭間を広げるように動いたと思うと、ピシャッと濡れた音が響き、ぬめった感触が広がっていく。

「あ、あっ……」

羞恥と驚愕と官能に、基紀は背を反らせて喘ぐ。男の指や舌が自分の中をほぐす、一度は味わったものの、慣れることなどできはしない。だからといって、気持ちが悪いわけではないのが、ひどく困りものなのだ。

「……ん……あっ……！」

全身の産毛をそっと撫でられるような焦れったさをどうすることもできず、口淫を続ける男を振り返り、濡れた瞳で助けを求めれば、無意識に誘うその顔がいけないと、穿《うが》つ指をさらに増やされる。

「……ッ……、ああっ――……！」

三本に増やされた指が大胆に蠢《うごめ》いて、狭隘《きょうあい》な場所をほぐしていく。

任せているだけではもどかしすぎると、基紀は、目の間にすでに半勃ち状態で揺れているユリウスの性器に手を添える。

以前のように強要されたのではない。自ら求めてそれを咥える。亀頭部を吸い上げただけで、ぐんと勢いを増していくものが愛しくて、両手で陰茎をしごきながら、舌先でたっぷりと唾液を絡めていく。

二人が繋がるための場所を、ぴしゃぴしゃと嘗め回す音が、ひどく卑猥《ひわい》に耳に届いて、頭の芯まで痺《しび》れてくるようだ。

互いの股間を貪《むさぼ》る体位とはいえ、自分はユリウスの性器を、そしてユリウスは基紀の中を――その行為は似ているようでいて、実は真逆だ。

それは、たぶん普通の同性愛者のセックスとは意味が違う。自分は女にされるのだ。必要なのは男としての基紀ではない。伴侶とは、そういう意味なのだろう。

自分を貫く性器を自分の口で育てる、恥辱に満ちた行為なのに、基紀の拙い舌遣いにさえ応えて質量と硬度を増していくものに喉奥を突かれて、嗚咽《おえつ》を漏らすほどの息苦しささえも嬉しいと感じるようでは、もうだめだ。

その上、放ったままにされている基紀の性器は、内部を弄られているだけですっかり勃ち上がっているのだから、言い訳のしようもない。

もう伴侶でもなんでもいい。ユリウスが与えてくれるあの熱を、あの官能を、あの一体感を味わえるなら、女にでもなる。

うっかりすると背後からの攻めに意識を持っていかれそうになるのが癪《しゃく》で、みっともないのは承知で、必死の奉仕を続ける。口の中いっぱいに含んだものを、頭を激しく上下させて刺激しながら、両手で幹や根元の蜜袋や、男が感じる場所を愛撫する。

「……ッ……」

背後から微かな呻き声が聞こえて、それだけで、してやったりと心が浮き立って、もっと感じさせてやりたくなる。

ふと、疑問が湧いて、基紀は唇を離す。

「なんだか、これ……」

このあいだより大きいような、とは訊けず、言葉を濁せば、それだけで基紀の戸惑いに気づいた男が、くっと小さく笑う。

「男の身体は存外素直なものだ。気持ちが通じあえば、それだけで反応は変わる」

気持ちが通じあったと、そう言うのか。

恋に不慣れな基紀にとって、所有の宣言ばかり高らかで、その実、告白の言葉のひとつもない以上、やはり惚《ほ》れているのは自分ばかりという気もするのだが。

「きみだって欲しいだろう？　きみの可愛いここがいっぱいになるほど、大きなものを」

それでも、男の身体は確かに正直だ。

常以上に見せつけられた量感に、目眩《めまい》を感じたかのように、くらくらする。

そうだ。欲しかった。口淫を強要されたときからずっと、その逞しさが自分の中を満たす瞬間を、想像していた。

初めて身体を繋いだのは、わずか二週間前、それも回数はともかく、二晩だけの関係だったにもかかわらず、基紀の中はすっかりユリウスが与えてくれる官能を覚え込んでいる。

舌に苦みを感じて、じわりと先走りが滲み出してきたのがわかる。それがさらに興奮を誘い、触れられてもいない基紀の性器まで、ぶるぶるとみっともなく震えていく。

「あ、なんか、もたない……」

たったこれだけでイッてしまうなんて冗談じゃないと思いはするが、ユリウスとフリードリヒの戦いを見ていたときから、すでに身体は興奮状態だったのだ。

しなやかな筋肉を駆使し、玉の汗を弾かせ、相手を屈服させるために剣を振るう……戦いとセックスはどこか同義で、だからどちらにも血がたぎる。

男とは、そういう生きものなのかもしれない。

「もたないだと？　では、縛っておけ」

あまりな言いざまをぶつけられて、ひどいと反論しようとしたとたん、胸元に伸びてきた手に身体を支えられて、一気に背後へと引き倒される。

「あっ……！　な、なに……？」

問いかけたときには、ユリウスの身体に座るような体勢になっていた。ふと気がつくと、じゅうぶんにほぐされた窄まりに、硬くて熱いものが押しつけられている。それがなにかわからないほど、もう基紀は初《ウブ》ではない。

逞しく天を衝《つ》いた熱塊に向かって、自らの体重で沈み込んでいく身体を、とっさに両脚を踏ん張って支えるものの、上質なリネンのシーツが滑って力が出ない。

「あっ、ああっ――……!?」

背後から胸元に回されたユリウスの腕は、基紀の身体を支えるどころか、両方の乳首に悪戯をしかけてくる。乳輪ごと摘《つま》まれて、潰《つぶ》され、捻られ、引っ張られて、そこから得られる快感の甘さに、さらに脱力していく。

「ヒッ――……！」

無様に掠れた声がほんの一瞬、唇を震わせたと思うと、すっかり砕けた腰が重力に引かれて落ちていく。交合部の襞《ひだ》が、ぐちゅっと淫靡《いんび》な音を響かせながら突き立てられたものに巻きとられ、周囲の柔肌ごと窄まりの中に落ち込んでいく。

自らの口で育て上げ、いまとなっては、穏やかな男のそれとは思えぬほど荒々しく猛った凶器と化した熱塊を、ずぶずぶと呑み込みながら。

最奥までを一息で埋めつくしたとたん、下腹部いっぱいに満ちた灼熱が、どくんと大きく脈動し、苦痛と紙一重の愉悦が身のうちを駆け巡る。

あまりの苛烈《かれつ》さに、悲鳴すら喉に絡んで消える。すさまじい衝撃を受けた粘膜が、一瞬にぎゅっと収縮して、侵入してきたものを、きつくきつく締めつける。

「……ッ……、締めすぎだ」

耳元で低く唸《うな》った男も、少々でなくつらいようだが、それは自業自得というものだ。

なのに、戦いに慣れた男は、この程度の痛みはなにほどのものかと、抵抗を残して痙攣《けいれん》する襞を叱りつけるように、律動を開始する。

基紀は背後の男の太腿《ふともも》に手をつき、必死に身体を浮かせようとするが、すさまじすぎる挿入のショックに震える両脚は、力なくばたついてシーツを乱すだけ。

「あっ、あっ……」

切れ切れの吐息が、拒否の言葉すらなくした唇から虚しく漏れていく。

それでも、背後の男は怯まない。ゆるゆると中を掻き回しながら、ベッドのスプリングを利用して上下の揺さぶりまでかけてくる。

その上、乳首を弄る指先は、揉み潰したり、爪を立てたりと、さらなる悪戯をしかけている。

まっ赤に染まった先端を両方いっぺんに引っ張られ、さらに埋め込まれたものに鋭い突き上げを食らって、基紀は天井を仰ぐように胸を高く反らして、身悶《みもだ》える。

「や……ああっ……!」

がくがく、と上下に揺さぶられて、快感とは縁遠い圧迫感に、意識が朦朧《もうろう》としていく。

それでもなんとか乱れる息を制御できるようになったころに、乳首での遊びを中断した両腕に、太腿を下からすくわれるように抱き上げられて、内部をみっちりと埋め尽くしていたものが、まとった粘膜ごとずるりと退いていく。

貫かれたとき以上の衝撃が、ぴりぴりと甘ったるい痺れとなって、爪先から頭まで一気に駆け抜けていく。

「あっ……、はあぁーっ…!?」

それまで灼けるような熱に支配されていた内部が突然の空隙《くうげき》が寂しいと、ついいましがたまであった充溢《じゅういつ》感を求め、悲鳴をあげるように痙攣する。

「あ、やっ、抜かないで……！」

とっさに口から飛び出した叫びは、基紀の意思より、身体が発したものだった。もっといっぱいにしてと、いいところを擦ってと、身悶える粘膜のあさましさに目眩すら感じる。

「欲しいなら自分で尻を落としなさい」

禁忌へと誘《いざな》う、意地悪な声。

「それほど慣れていないはずなのに、きみの中のこの貪欲さはなんだろうね？」

耳朶を食《は》みながらのハスキーな囁きが、じわりと背筋を戦慄《わなな》かせる。そして、ユリウスの体臭と混ざりあったフレグランスの、ムスクとアンバーのセクシーな香り。そのすべてが、基紀を禁忌の中へと誘っていく。

さあ、と促すように基紀の体重を支えていたユリウスの両手が去っていく。なんとか両膝を立てるだけの力は戻っているのに、再び落ちていく尻をもう基紀は止められない。

そこにすばらしく刺激的なものがある。

退屈なだけの日常を忘れ、逃げるだけの情けなさを捨てて、自ら欲して身を沈める。

二十四年間、知ることのなかった恍惚《こうこつ》感を味わうために。

「あっ、あっ……」

だが、自分のペースでの挿入は、どこかに怯えがあるのか、むしろ焦《じ》れったいだけで、いっそ強引に貫かれたいと思ってしまう。

「ユリウス……もっと、奥……」

自分では無理だからと、背後の男に願う。

「でも、いいのかな？　私は乱暴だが」

「い、いいから……」

やって、と言い終える前に、ずんと鋭く突き上げられて、基紀は甘ったるい嬌声をあげながら、全身をぶるぶると震わせる。

「……ん……、あっ、ああっ——……！」

再び押し入ってきた熱と圧力に歓喜して、内部は勝手に蠢きはじめる。ユリウスのものに絡み、巻きつき、より強い快感を得ようと咀嚼《そしゃく》しているような音が、基紀の羞恥を煽るが、それでも希求の想いはもう止まらない。

ぐちゅぐちゅと粘着質な音が響くたび、埋め込まれたものの動きに合わせて下腹部が淫らに波立ち、そこにユリウスがいるのだと切ないほどの官能で教えてくれる。

もっとと腰を捩れば、ユリウスのくびれがいいところを擦る感覚がダイレクトに伝わってきて、ひゅっと声のない叫びをあげながら、基紀はさらに激しく身をくねらせる。

抜かれるのはもういやだと、自ら抱え上げた両脚が、汗を弾きながら宙に踊る。

このざま……、なんとみっともないありさま。

なのに、どうしようもなく気持ちがいい。

よくて、よくて……繋がった部分も、再び弄られた乳首も、うなじを這《は》い回る舌の感触も、なにもかもがよすぎて、口から飛び出すのは、みっともないおねだりばかりだ。

「あっ、ユリウスっ…、も、もっと……」

「もっと、どうしてほしい？」

ゆるりと中を蠢くものに操られるかのように、淫らな喘ぎばかりがこぼれていく。

「か、掻き回してっ……！」

そうして切望すれば、背後の男は決して期待を裏切らない。騎士の強さと、紳士の優しさで、上下左右にと大きく基紀の身体を揺さぶりはじめる。傷がどうのと言っていたくせに、設定はまったく無視かと呆れるほどの力強さに抉《えぐ》られる粘膜が歓喜に身悶える。

「あっ、ああっ……！」

自分の中に男を受け入れる……まだまだ慣れないはずの行為なのに、不思議なほど素直に身体はユリウスの動きに応えていく。突き上げられれば腰を落とし、掻き回されれば身を捩り、より鮮烈な刺激を味わうためにと淫らな反応を返していく。

「いいのか？　掻き回されるのがよほど好きらしい。この、とろとろにとろけた淫乱な穴は」

鼓膜の間近で、うっとりと官能に溺れたハスキーヴォイスが響く。

問われて基紀は、身も世もなくうなずきながら、さらなる刺激を求めて、自分の性器へと手を伸ばす。それを見とがめた男が、唐突に動きを止める。

なんで？　と涙目で振り返れば、間近にあるピーコックグリーンの瞳は、なにかを企むように悪戯っぽく笑んでいる。

「前はだめだ。バックだけでイッてごらん」

「え……？」

「きみは私の花嫁になるんだ。私を咥え込んだまま、乱れてごらん」

意地悪な要求に、やはり伴侶とはそういうことなのかと、いまさらながら思い知るのに。なぜだろう、その瞬間を想像すれば、妖しく肌が粟立《あわだ》っていく。

「私は騎士だ。戦い疲れた夫を身体で慰め、恍惚の中で心を癒《い》やす。それが伴侶たる者の務め」

傲慢な言いざまに、くらりと酩酊《めいてい》状態に陥っていく。それでは本当に花嫁ではないかと思ったのは、一瞬のこと。

ふと、運命なのかもしれないと閃いた。

騎士の矜持《きょうじ》と貴族の責務、一生それを背負って生きると誓った男を、この身で癒やす。

それこそが、非力な基紀がユリウスにしてやれる唯一のことなのかもしれないと。

「さあ、私をイカせてくれ、きみの中で」

ともに達するために、同じほどの官能の中で絶頂を極めるための器《うつわ》になる。でも、それならば、同じだけの気持ちが欲しい。

「キス、して……」

背後の男に求めれば、望むところだと言わんばかりに、肩越しに与えられる舌先を、自分から求めて吸う。とろけるように甘く、それでいて貪るように激しく、互いに舌を絡め、吐息のひとつまでも惜しいと夢中ですすりあうさまは、まさに食らうという表現がぴったりだ。

「……んっ…」

際限なく注ぎ込まれる男の蜜。なのに、まだ物足りない。どれほどすすっても、二十四年間、渇ききった身体にとって、わずかな水はむしろ渇きを自覚させるだけなのだと、満たされなさに焦れた腰が淫らに揺れる。

「あさましい、そんなに腰を揺らして。私以外の男にその姿を見せたら、承知しないよ」

吐息に乗せた揶揄が、唇が触れる寸前のところで響き、基紀はがくがくと首を振る。

「しない、ユリウスだけっ……」

できるものか、こんなこと。

ユリウスだから、すべてが許せる。

どんな淫らな体位も行為も、受け止める。

「きみは私のものだ。私だけの……」

言いさした男が、いきなり背後から伸しかかってきて、大きく上体が傾いだ。とっさのことに身体を支えることもできずに、基紀は上質な羽根枕に顔を埋めていた。

「私のものになる証を示せ」

狼《ウォルフ》の名のごとく一匹の雄《おす》へと転じたユリウスは、四つん這いになった基紀の後孔に自らを埋めたまま、熱い肉の触れあいが生み出す快感をいまこそ知れとばかりに、乱暴に腰を前後させはじめる。

「……ッ……、ああっ……!?」

柔襞が裂けるかと思うほど掻き回され、すさまじい圧迫感に目眩がするほど強く穿たれ、そのたびごとに予想もしない複雑な動きをみせるものが、新たな刺激を間断なく送り込んでくる。

「あ…! やっ、それ、ひっ……!」

必死に枕にすがりつき、激しくなるばかりの突きに耐える。

だが、それ以上に熱く寄せくる愉悦の波には耐える術《すべ》もなく。嗚咽に乱れる言葉はもはや意味などなさず、白い居室の中に呆れるほどに散らばっていく。

「ふっ……、あっ、ああーっ…!」

膝立ちしたユリウスは、もはや自分のものと宣言した尻を高々と掲げ、緩急つけた律動で、基紀を強引に官能の中へと引きずり込んでいく。

その力強さに、揺れて、揺らされ、溺れていくのが嬉しい。

「い、いいっ…! そこっ…あんっ……!」

もっと、と求めて夢中で肩越しに背後を覗けば、ユリウスは美麗な眉根をわずかに寄せ、持っていかれそうになる意識をとどめるために、ふうっと荒い息を吐き出していた。

完璧な男の顔に表れた小さな歪《ゆが》み……それを与えたのが自分だと思うと、快楽を遙かに凌駕《りょうが》する優越感にも似た悦《よろこ》びが湧き上がり、基紀は知らずに強く後孔を搾っていた。

感じさせたい、もっと。そして、自分もまた感じたい。

ユリウスが与えてくれるすべてのものを。

「そうだ、乱れるがいい。獣のように。私の花嫁にふさわしく」

孤独な狼の咆吼《ほうこう》が、つがいを求めて、白い雪原のような部屋に響く。

もう容赦はしないと、その身体のどこもかしこも自分のものであることを知らしめようとするかのように、激しく突き上げてくる男の、尽きることのない劣情を、基紀は必死に腰を振りながら受け止める。

交合部はもうぐちゃぐちゃで、ひっきりなしに卑猥な音を立て続けている。中からの刺激だけで、限界までそそり勃った性器は、ひくひくと絶頂の寸前の痙攣を示している。

「く、あっ……！　や、くる……」

浅く、速く、繰り返される呼吸音に、どちらも絶頂が近いことが知れて、基紀はいちだんと力強くなる律動に合わせ、必死に腰を揺らす。自分の粘膜がぴっちりと男の形に添っていく。たわんでは窄まって、肉の摩擦が生み出す刺激を、すするがごとくに味わっている。ぬちゃぬちゃと、ひっきりなしに聞こえる濡《ぬ》れた音の中心にあるのは、ユリウスの情熱だ。

灼けるようなそれが繋がった場所をとろかして、ひとつに混じりあっていくような錯覚すら感じて、基紀は我を忘れて叫ぶ。

「あっ、あっ……！　で、出る……」

強く奥を抉ったと思うと、ゆったりと退いて、緩急つけた抽送で基紀を翻弄《ほんろう》し続けている男が、たまらないというように「くっ！」と小さく呻く。

「もうか……」

下腹部を大きく波立たせながら悔しげに唸ったユリウスが、さらに律動を深めてくる。

熱い楔《くさび》に最奥を抉られるたびに、目眩がするほどの快感に四肢が震え、心地よさに泣きたくなる。眦に溜まる涙は、生理的なものなのか歓喜の証なのか、それすらわからず、ぬるくこぼれ落ちていくものがピローケースを濡らす。

すさまじく長く濃密な放埒《ほうらつ》の果てに、激しく蠕動《ぜんどう》し続ける最奥へと待ち望んだ熱い体液が放たれた瞬間、基紀もまたこらえることを放棄して、切れ切れの嬌声とともに自らの精をほとばしらせていた。

「……ッ……あ、ああっ――……！」

四つん這いの体勢のまま、ちらと下肢を覗き込めば、痙攣のおさまらぬ性器の先端から、しとどに溢れていく体液がシーツに散っていくさまが見えて、慌てて顔を枕に押しつける。

そうして目を閉ざしてしまえば、どくどくと血管を流れる脈動ばかりが耳につく。

特に、まだユリウスを咥えたままの粘膜は、放たれた精の最後の一滴まで味わおうと貪欲に咀嚼し続けている。羞恥を煽るばかりの生理的な反応を止めることもできず、あとは勝手にしろと、基紀は脱力しきった身体をベッドへと投げ出した。

「……ああ…」

小さく息をついたとき、肩口にユリウスのキスが落ちてきて、同時にずっしりと心地よい体重が伸しかかってくる。

背後から回されたユリウスの手が、すっかり充血した基紀の乳首を弾く。

そのくすぐったさが、嬉しくて、恥ずかしくて、やたらと素直に反応する身体を恨みながら、奥歯を噛み締めて震えをこらえる。

「ちゃんとイッたのに、まだ欲しいって私のに絡みついてる。本当に貪欲な花嫁で困ってしまうな」

「そ、そんなんじゃないっ……」

だが、否定はまったく意味がない。一度の放出では萎《な》えることも知らず、基紀の中に存在を誇示するものに、鋭敏になりすぎた内部を刺激されているせいか、痺れるような痙攣は未《いま》だにおさまってはいないのだから。

「ぬ、抜いて……中が、ちょっと……」

「いやだ」

きっぱりと拒否されて、本当になんて勝手な男かと、基紀は不満に頬《ほお》を膨らませる。

「私はまだ足りない。もっと触れていたい。どこもかしこも、私の知らない部分などなくなるほどに」

「意外と……執着タイプ？」

「意外ではないだろう。私がどれほど一途かは知っているはず」

背後から囁く唇が、耳朶から頬へと楽しげにキスを落としている。

「この感触がいい。触れるのも、触れられるのも、私は好きだ」

くしゃっと、髪の隙間に入り込んできた指に、その一本一本までも撫で梳《す》かれたような気がして、ぞっと肌が官能に粟立った。

「両親以外で、私に触れる者はそうはいない。私の身を守る数少ない者達は、皆どこか殺気を帯びているか、緊張しているかだ」

「あ…？」

ＳＰと従者、ユリウスを守る者は常に敵を監視しているから、どうしても緊張を強《し》いられるわけで。そんな中でユリウスの気が休まるわけもない。このシークレットフロアの一室で桂が淹れてくれた紅茶を飲んでいるときだけが、数少ない安らぎの時間だったのだろう。

「私とて、それなりに女ともつきあった。だが、誰にでも我欲はあるものだ。私に近づくことで益を得ようとする者達の……恋などという甘ったるいものとは裏腹の欲を、私はずっと幼いころから感じ続けてきた」

それもまた、しかたのないことだろう。ユリウスの魅力以上に、ウォルフヴァルト一の資産家の妻の座が、女にとって魅力的でないはずがない。

「どうしてきみだったのか……」

この感触だ、とユリウスは、ようやく見つけた宝物のように、背後から基紀を柔らかく抱き締める。

「初めて触れたときから、きみには欲がなかった。緊張はしていても、それは憧れに近いもので、殺気ではなかった。私に近づいて取り入る使命があったにもかかわらず、きみからは下心を感じなかった」

「それは、あまり乗り気じゃなかったから」

「理由はどうでもいい。私が触れて気持ちがいいと感じる相手は、きみが初めてだ」

触れる肌が気持ちいい。両親を失って以来、やっと見つけた感触だから、放したくない。

それは、身体だけが欲しいという意味ではない。ただ触れているだけで気持ちがいいなんて、ある意味、どんな告白より熱烈なように思えて、基紀は知らずに肌を火照らせる。

「体温が上がったな」

からかうような物言いとともに落ちてきた吐息が、うなじを優しく掠めていく。

生きている証拠のぬくもりが嬉しいとでも言わんばかりに、抱き締めている手に力がこもる。

震える睫《まつげ》を瞬《しばたた》かせ、基紀は背後から覗き込んでくる男の瞳を、焦点が合わないほど間近に捉えて、うっそりと笑む。

白い部屋、白いシーツ、そして眉間に感じるまばゆい純白……いまは雪というより、まるで砂糖のように、甘ったるく基紀の心をとろかしていく。

「だめだ……、我慢がきかない」

唐突に、ユリウスらしくもなく切羽詰まった声が耳朶に落ちたと思うと、放たれたばかりの精でたっぷりと濡れた基紀の中で、緩やかな攪拌《かくはん》がはじまった。

「え？　ちょ、ちょっと……」

ぶるっ、と全身に痺れが走る。

「一度ですむほど、枯れてはいない」

では、いったい何度やれば満足するのか。

傷が引きつるとかいう設定は、まったく失念してしまったらしい男が、軽々と基紀の左脚を持ち上げる。おしゃべりの時間は終わりだと、実践の時間のはじまりを告げて、大きく開いた双丘の狭間を出入りするものは、これが吐精したばかりかと驚くほどに、昂《たか》ぶっている。

「あっ？　なんで、そんな……」

元気なの？　と不思議になるほどなのに、背後の男は当然とばかりに告げてくる。

「だから、きみに触れているのが気持ちいいからだよ。どこもかしこも、うそがない」

「そんなこと、ない……。俺は……」

うそばかりなのに、自分は。いつも自分の力を隠して、逃げてばかりだった。

「どうして？　きみは正直だよ、ほら、ちょっといいポイントを突いただけで」

言葉どおり、脆《もろ》い場所を立て続けに抉られて、宙に揺れる脚が爪先まで震えていく。

「あっ、あっ…？　だめ、俺、まだ……」

絶頂の余韻を残した内部も、達したばかりの性器も、散々の悪戯で痛いほどに充血した乳首も、どこもかしこも過敏すぎて、再度の挑戦はまだつらいのだと訴えても、小刻みな律動はそのままに、ユリウスは妙なことを問いかけてくる。

「きみは、ときどき『俺』になるんだね」

「え？　あ…、ぼ、僕……」

「いいんだよ、『俺』で。いまは上司の命令に従う真面目な従業員の時間じゃないし、私もおしとやかな姫が欲しいわけじゃない」

「な、なにが姫だよ、俺はっ……!?」

女じゃない、と言う前に、最奥を鋭く突かれて、文句の言葉は乱れて消える。

「や、あっ……！」

「いいね。突っ張ってる感じが、なかなか可愛い。もっと虐《いじ》めてしまいたくなる」

「バカ…ッ……」

「未来の夫に向かって、バカは言いすぎだ。それとも、お仕置きが欲しいのかい？」

肩越しに口づけてくる男の、矜持に満ちた双眸がなにかを企むように妖しく光り、次の瞬間、ずくんと身のうちを埋める熱塊が奇妙な動きをした。

「え？　あ、なにっ……？」

繋がった場所はそのままに、脱力してベッドに投げ出された基紀の右脚を跨いで、ユリウスが膝立ちしたのだ。中に入ったものの位置が九〇度ほど変わって、いままで知らなかった場所に新たな刺激が芽生える。

「だったら、あげよう。たっぷりと」

これはなんだと、これは覚えがないと、基紀は驚きに目を瞠る。持ち上げられていた左脚は、すでにユリウスの逞しい肩に担ぎ上げられている。前からでも後ろからでもなく、二人の脚が交差する、俗に松葉くずしと呼ばれる体位だ。

「やだ、そ、そこっ……!?」

まだ四十八手に挑戦するほど飽きてはいないのに、互いの股が食い込む角度で繋がったぶんだけ、根元までの深い挿入が得られると、ユリウスは聞きたくもない説明をしてくれる。

「クロイツェンの名にあやかって、もっとも大事な相手とはクロスして抱きあうのが、我が公爵家の流儀だ」

どんな流儀だよ？　とツッコミ入れる余裕もない。

すでに歓喜の蠕動にひくつきはじめている交合部に打ち込まれるものは、血管を浮き立たせ、情熱のほどを物語っている。

中に放たれた体液のぶん、さきほどとは比べものにならないほど粘着質な音を響かせ、めちゃくちゃに暴れられては、もうだめだ。間断なく襲いくる官能のうねりが、産毛をそそけ立たせながら、全身へと広がっていく。

「あっ……！　や、やだっ……そっ……」

感じても感じても、まださきがある。

いったい自分の身体はどうなってしまったのかと、恐怖すら覚えて仰ぎ見るさきに、金色の前髪を乱して喘ぐ男がいる。毛先からこぼれた汗が染みたのか、片目をつむって髪を振る、どこか獣じみた仕草が目に焼きつく。

もしかしたら、本当に子供なのは、初心者相手にこんな無謀な行為を続ける、ユリウスのほうなのかもしれない。

十二歳で公爵家を継いで、どこに敵がいるのかわからぬ状況の中、甘えることも、怯えることも、泣くこともできず、ひたすら大人であれと強要され続けてきた、少年。

孤高であり続けた二十年あまりの歳月で、すっかりお貴族様の風格と矜持を身につけはしたものの、それでも心の隅っこには、遠い日、両親を見送ったときのままの寂しい少年がいるのかもしれない。

激しく揺らされながらも基紀は、ひたすら交合部だけに集中している、どこかがんぜない子供のような男に手を差し伸べる。

エンゲージリングを煌めかせる、左手を。

それを受け止めて、うっとりと指の一本一本を嘗めとかす男は、その優雅な動きとは裏腹に、決して抽送を緩めはしない。

「私はこんな男だ。我が儘《わがまま》で、強欲だ」

貴族の姿など外面だけにすぎないと、いまそのうちにひそむ獣性をほとばしらせて、飛び散る汗といっしょに輝かせる男が、告げる。

それでもついてきてくれるかと、それでも伴侶になってくれるかと、無体な行為を続けながらも問いかけてくるピーコックグリーンの瞳に宿るのは、すがるような切なさだ。

「ん……、うんっ……」

それでもいいのだと、指先でユリウスの唇をなぞれば、たわいもないその所作に煽られたのか、ぐんと身のうちで質量が増した。

「あ、はあっ…！　う、うそ、まだっ…？」

大きくなるのか、と基紀は鍛えられた男の精力に目を瞠る。過度の愉悦は恐怖にも似て、全身をざわりと粟立たせていく。

「…ヒッ…！　そ、そこっ、ああっ……！」

反り返ったものが、いつもとは違う角度で粘膜を擦り上げるたびに、初めての体感が奥深い部分から断続的に湧き上がってきて、基紀をみっともないだけの嗚咽に乱す。

「こんな私でいいと言うなら……！」

すべてを受け止めろと、傲然《ごうぜん》と腰を振るう男の、ハスキーというより心細さに掠れたような声が、耳に心地いい。

お偉い称号と、白い礼服と、ユリウスを飾りたてる様々なものに惑わされていたが、思った以上に、いい意味でも悪い意味でも人間味はありそうだと、身体を重ねるたびに思い知る。

（いいか……。あばたもえくぼっていうし）

涙に潤んだ視界の中、基紀の脚を抱えたままひたすら快感を追うユリウスの姿は、決して褒《ほ》められるほど凛々しいものではないけれど、それでも基紀は、こんなに美しい男はいないと思ってしまう。

それ自体、もう溺れている証拠だ。

しょうがない。一目惚れなのだから。

名前を知った瞬間、くっきりと目に捉えた穢れなき純白を見る以前から――たぶん、最初に写真を見たときから、特別だった。

「連れていくぞ、私の花嫁として」

独善的な宣言とともに、それまで以上の勢いで、ぐちゃぐちゃと体内を掻き回されて、基紀はもう言葉にならない嬌声を勝手にしろとばかりに撒《ま》き散らす。

「あっ、い、いいっ…！　ああーっ……！」

簡単に連れていくと言われても、海外旅行ひとつしたことのない基紀にとっては、とんでもない大冒険だ。

それ以前に、公爵家ともなれば、親族は跡継ぎを望むだろう。ユリウス一人の判断で結婚相手を決められるものでもなかろうし、それがウォルフヴァルトの民でもない上、同性だとなれば、反対する者は多かろう。

きっと面倒なことは、うんざりするほどあるはず。

そのすべてを乗り越えてもなおユリウスのそばにいたいと思えるほどの、強さも、覚悟も、まだ基紀にはない。いまは初めて知った快感に夢中になっているだけで、さきのことなどひとつも実感を伴いはしない。

なにを言われても、どんな誓いを贈られても、夢物語のように思えてしまうのは、やはりあまりに違う境遇の男だからかもしれない。

遠い国から、遙かな世界から、ふらりと訪れた白い礼服の異邦人。

明日、二人の関係がどう変わるか、知っているのは運命だけだ。

それでも、いま、夢を見るくらいは許されるはず。

「あっ、もっと……」

錯覚でもいいから、そこに情があるように感じたくて。差し出したままの左手でユリウスの髪をつかんで引き寄せる。

ただ繋がるだけでなく、それ以上の想いが欲しいからと口づけを求めれば、待っていたかのように落ちてくる唇の熱に、じんわりと口腔内までとろかされる。

吐息と蜜を交換しながら、上下どちらの交合部から発しているかもわからぬ淫靡な音の中、基紀は二度目の絶頂に向かって駆け上っていった。


「あばたもえくぼ、なんだと思う」

いったい何時間、交わっていたのか。精力満々の男の抜かずの三発で、ついに力尽きた基紀は、ぐったりした身体を、いまも逞しい鼓動を刻むユリウスの胸にあずけて、ぽつりと呟いた。

「なんであなたの色が白だったのか……きっと、あばたもえくぼだったんだ」

「なんのことだ？」

ユリウスの指先は、すっかり汗に湿った基紀の漆黒の髪を楽しげに弄っている。

「だからさ、たぶん、あなたにも色はあるんだと思うんだ。鮮やかな青系じゃないかな。確固とした意志を持ってる自信家は、みんな似た系統の色だから」

たとえばフリードリヒがそうだった。白波瀬鷹にも近いものを感じた。

「俺のちょっと苦手なタイプ……」

すごいなとは思うが、しょせん自分とは世界が違うと遠巻きにしてしまう。

「もしも色が見えたら、いままでの経験で性格がわかっちゃうから、一歩退いてたと思う」

基紀の共感覚は便利だけれど、名前だけで性格までわかってしまえば、それ以上のことを知る必要がなくなってしまう。

「私と、こんな関係にはならなかったと？」

「うん。たぶんね」

それは聞き捨てならないと、ユリウスが眦を鋭くする。

(ほら、その反応がだめなんだよ)

自分が気に入らないことは絶対に認めない、その我の強さが苦手なのだと、口には出さず、基紀はこっそりと思う。

「でも、白は初めてだったから、判断材料がなにもなくて。だから、あなたを知るには自分から踏み込むしかなかった」

「では、白だったことに意味があるんだな」

「そうだと思う」

たぶん、写真を見たその瞬間に、近くに行ってみたいと思ったのだ。

まさにユリウスが言ったとおり、一目惚れだったから、本来、感じているはずのユリウスの色を無意識のうちにシャットアウトして、一番美しい色に塗り替えた。

いまも眉間のあたりに感じる白。

ユリウス自身が発したのではなく、基紀の心が望んだ色なのだ。

「白は、一目惚れの相手を示す色なんだ」

それは無垢の色だ。

なにもないからこそ、多くの秘密を持つ。

好奇心を掻き立てられ、怯えながら、畏《おそ》れながら、それでも近づかずにはいられない。

「では、やはりきみの力に感謝しなくては」

基紀の髪を梳きながら、うっとりと引き寄せる男の瞳が、優しく笑む。

「きみが私以外に白を見ていたら、私は未だになにも手にしていなかった」

うなずく代わりに口づけて、その甘さにどっぷりと溺れながら、基紀は幼いころから持ち続けていた自分の力の意味を知った。

それこそは、一目惚れした相手だけに感じる、まさに恋の予感の色だったのだと。

——おわり——

「白い騎士のプロポーズ ～Mr.シークレットフロア～」（小説ｂ－Ｂｏｙ'10年10・11月号）掲載

白い騎士のサプライズ

1

（ああ、なんでいつもこんなことに……）

ホテル業界でも五指に入る『白波瀬《しらはせ》ホテルグループ』の中でも、もっとも格付けの高い『グランドオーシャンシップ東京』のロビーに、なぜかベルボーイ姿で立ちながら、栗原基紀《くりはらもとき》はぐるぐると考えていた。

自分はホテルマンではない。一介の百貨店従業員でしかないのに、どうして何度もこんなカッコウを、と羞恥《しゅうち》に身悶《みもだ》えながらも、回転ドアを悠々とくぐって入ってきた恋人の、二カ月ぶりとなる姿に思わず見入ってしまう。

すっかり見慣れたと思っていたのに、金モールと肩章《エポーレット》で彩《いろど》られた時代がかった純白の礼装は、時間をおいてみれば、世界中のセレブが集う日本で有数のラグジュアリーホテルの中にあっても、ひときわ異彩を放っている。

ユリウス・フォン・ヴァイスクロイツェン、三十二歳。世界的時計メーカー『LOHEN《ローエン》』の最高経営責任者《CEO》でもあり、中央の立憲君主国、ウォルフヴァルト大公国の外交官であり、公爵家の末裔《まつえい》であり、さらに騎士の称号を持つ、こと肩書きには困らない男だ。

前回の来日は三週間という異例の長さではあったものの、それでも突然の恋に落ちた二人にとってはあっという間の出来事。公私ともに多忙なユリウスは、後ろ髪を引かれる思いで、再びの来日を約束して帰国の途についたのだ。

いつでも連絡がとれるようにと、専用の携帯をプレゼントとして残し。

もっとも、仕事の邪魔になってはいけないと基紀のほうからの連絡は遠慮していたが、そのぶんユリウスが、毎日のように電話やメールをくれた。

基紀の勤務先である『KSデパート』のジュエリー部門『GRIFFIN《グリフィン》』と『LOHEN』との提携も正式に決まり、その担当主任となったおかげで、仕事中にユリウス相手に私用の通話をしていても、おマヌケ上司の山下《やました》はご機嫌とりの電話と思ってくれる。

遠い異国の地からの一日に一回の定期連絡は、それだけで心躍るもので、初めての恋に夢中になっていた基紀は、声を聞けるだけでもじゅうぶん大切にされていると実感できた。

とはいえ、顔を合わせることすらできないのはやはり寂しくて、甘やかな口づけも、触れあう手のぬくもりも、息も止まるほどに抱き締められるときの感触も、なにもかもが曖昧《あいまい》なものになってしまったような気がしていた。

ユリウスから、今度は基紀と会うためだけに日本へ行くからとの連絡を受けて、指折り数えてその日がくるのを待っているあいだも、なんだか夢のような思いがつのるばかりで。

ようやく再び、こうしてまみえることができたのに、まるで実感が湧《わ》かない。

黒服にサングラス姿のSPに守られたさまを見れば、やはりどこか遠い存在に感じられてしまい、恋人だという事実さえも夢のようにおぼろげになってくる。

それでも、自らを騎士と誇る男は、瞳に映る凛々《りり》しい姿だけでなく、基紀の共感覚に向けて、微塵《みじん》の歪《ゆが》みも瞬きもなく、彼の本質を示す純白の輝きを投げかけてくる。

(ああ……、なにひとつ変わってない、これがユリウスの色だ)

うっとりと見入る基紀と視線が合ったとたん、常に貴族の余裕をまとった男のピーコックグリーンが、歓喜と驚愕《きょうがく》に見開かれた。

「基紀……?」

形よい唇からこぼれるハスキーな声音にも、どこか虚を突かれたような響きが交じっている。

「い、いらっしゃいませ」

めったに見られぬユリウスの驚きの理由に気づき、ベルボーイとして恥ずかしくないような振る舞いを心がけたものの、基紀は最初の一言を嚙《か》んでしまった。

穴が空くほどにじっと見つめられて、否応なしに頰《ほお》が熱を持つ。

なんでこんなコスプレまがいのことをしてしまったのかと、少々の後悔に浸りながらユリウスとその従者達を先導して歩き出す。

(やっぱりどんなに言われても、こんなカッコウするんじゃなかった……)

またもこんなベルボーイの姿をする羽目になったのは、むろん自分の意志ではない。

それは、つい昨日のこと。『グランドオーシャンシップ東京』のオーナーである白波瀬鷹《たか》から、突然の呼び出しがあったのだ。ユリウスが来日のたびに宿泊しているホテルのオーナーとはいえ、基紀とはたった一度、エレベーターに乗りあわせただけ。

いったいどんな用件かと訝《いぶか》りつつも足を運んだ基紀に、白波瀬鷹はオーナー然とした落ち着きをまとわせて、ユリウスを歓迎するために手伝ってほしいことがあると持ちかけてきた。

前回の来日のさいに、シークレットフロア付きの執事である桂《かつら》が、ユリウスが何気なくこぼした一言を、耳ざとく聞いていたのだと。

――初めて会ったときの基紀のベルボーイ姿は、実に可愛かったな。

忠実な執事であると同時に、有能なホテルマンである桂は、お客様の趣味や嗜好《しこう》はどんなに小さなことでも覚えておく。そして有益な情報は、オーナーの耳にこっそりと伝えられたのだ。

世界でも有数のセレブの中のセレブ……Mr.シークレットフロアと呼ばれる超ＶＩＰ達は、少々の贅沢《ぜいたく》では満足してくれない。スペシャル級のサービスが必要なのだと。ユリウスが基紀のベルボーイ姿を所望なら、それを供するのがホテルマンの使命なのだと。

むろん最初は断った。一度だけでじゅうぶんだと。自分はホテルマンではないのだから、そんなコスプレまがいのことは何度もする気はないと。

だが、協力してくれれば、勝手にベルボーイに化けてユリウスに近づこうとしたことは忘れてあげようなどと、にっこり笑いつつも否やは許さないとの強引な口調で言いながら、ベルボーイの制服を手渡されては、断るわけにもいかない。

それに、出会いのときを再現することでユリウスが喜んでくれるならという気持ちもあったし、同時に、久しぶりに顔を合わせるのだから、なにか驚かせてやりたいという悪戯《いたずら》心もあった。

そんなこんなで、ついつい引き受けてしまったのだが……。

（やっぱり、外したかもしれない……）

あとをついてくるユリウスが、一言もしゃべりかけてくれないのが、ひどく気になる。

やりすぎだったかもしれない。喜んでもらえなければ、単なるコスプレ男でしかないと、ずるずる落ち込みかけていたところで、シークレットフロア専用のエレベーターホールについた。

「くく……」

なにやらこらえるような声が聞こえて、基紀は肩越しに振り返る。

そこに、手で口元を押さえて笑いを噛み殺す、ユリウスの姿があったのだ。

恥を忍んでのベルボーイ姿は、どうやら最高のサプライズプレゼントにはなったようだ。

「そんなにおかしいですか？」

二カ月ぶりとなるシークレットフロアの、優美華麗なロココ調のリビングで、基紀は羞恥の色に頬を染めながら、それでもベルボーイを意識した口調で問う。

「いや、すまない。でも、あまりに可愛らしくて……」

笑いをこらえつつも人払いをしたユリウスは、再び巡りあえた運命の恋人の身体を、うっとりと抱き締める。

「さすが『グランドオーシャンシップ東京』。すばらしいサービスだ。誰の発案かは容易に想像がつくが、粋《いき》な計らいをしてくれたものだ」

「ありがとうございます。オーナーに、そう申し伝えておきます」

どうやらお気に召したらしいと、ベルボーイごっこを続けながら開いた口は、あっという間に濃厚な口づけで塞《ふさ》がれてしまう。

甘い甘い舌遣い、吐息、蜜、そのすべてが陶然と基紀を快楽の世界へと誘《いざな》ってくれる。

（ああ……、ユリウスだ……）

舌先を甘く噛まれて、じんと背筋に走る悪寒に身悶えれば、たったキスのひとつだけで下腹部に妖しい熱が溜《た》まっていく。

それを察知した男が、わずかに離した唇で、意地悪な揶揄《やゆ》を落としてくる。

「これはベルボーイのサービスの範ちゅうなのかな?」

「ち、違います。当ホテルではこのようなサービスは……」

「それはなかろう。ホテルマンならちゃんと客のリクエストには応えるものだ。さて、どんな方法で私を楽しませてくれるのかな?」

「どんな、って……」

いったいなにを言わせようとしているのか。思わず顔を背けようとしたところを、頤《おとがい》を捉《とら》えられて仰向けられる。逃げることも許されず固定された視線が、絡む。間近から覗《のぞ》き込んでくる双眸《そうぼう》に、うそはいけないよとの意志が煌《きら》めいている。

「離れているあいだ、私のことを考えたかい？」

「はい。もちろん……！」

毎日のように、と言う前に次の問いが落ちてくる。

「抱かれたいと思ったかい？」

それには答えられずに、小さくうつむくことで返事に代える。

「そんなときはどうするんだい、これを？」

ぐいと太腿《ふともも》で股間を押されて、基紀は「あっ……」と掠《かす》れた喘《あえ》ぎをあげる。ほんの小さな声にやけに甘ったるい媚《こ》びが含まれていて、我ながらいやになる。

この身体は自分の意志より、ユリウスの言動に忠実になってしまったようだと。

「自分でやって見せてごらん」

「え……？」

「きみは最初から感じて淫《みだ》らに泣いた。二カ月も放っておかれて、熱を冷ます方法は自分でやるしかない。この淫乱《いんらん》な身体を私を想って慰めたんだろう？」

「それは……」

「違うのかい？　まさか、他の誰かを想ったなんて言わないだろうね」

「そ、そんなことありません。あなた以外の誰をっ……！」

「そうか、やはり私を想って慰めていたんだね」

「……ッ……」

めいっぱい本心を叫んでしまって、基紀は慌《あわ》てて口を押さえるが、すでに遅い。

目の前でピーコックグリーンの双眸が、悪戯っぽく輝いた。

「いけない子だね。きみの身体はどこもかしこも私のものなのに、私の許可も得ずに勝手に弄《いじ》ったのか。たった二カ月、我慢することができないなんて、本当になんて淫乱なんだろう」

「ご、ごめんなさい……」

俺が悪いのかよ！　と思いつつも、ここで逆らうと、なんだかもっとひどいことになりそうな気がして、ついつい謝ってしまう。

「謝罪するなら、どんなふうにしていたのか、ちゃんと見せてごらん」

だが、謝っても、結局ひどいことをするのだ、この男は。

基紀の上気した頬、欲情した顔、あさましい姿……そのすべてを見る権利が自分にはあるのだと言わんばかりに。

そうして望まれてしまえば、いやとは言えない。

「さあ、そこに座ってやってみせなさい」

顎《あご》をしゃくって背後を示しながらユリウスの両手が、基紀をぐいと押しやる。そのままふらりと後退《あとずさ》った基紀は、力なくソファに腰を下ろす。

ここで自慰をしてみせろと言うのか。こんなベルボーイのカッコウでと思えば、勝手に頬は紅潮し、肌は火照《ほて》る。傲然《ごうぜん》と突きつけられた要求に恥じらいながらも悦《よろこ》びを隠せず、身のうちまでがじわりと淫靡《いんび》な熱と疼《うず》きに濡《ぬ》れてくる。

「シークレットフロアの最高のサービスを、存分に堪能《たんのう》させてもらおう」

対面のウイングチェアにゆったりと腰掛けた男が、長い脚をゆったりと組んで、鷹揚《おうよう》に言う。

ソファに腰掛けたまま背もたれに寄りかかり、トラウザーズの前をくつろげて、すでに興奮の形を刻みはじめた性器をとり出して、自らの手で愛撫する——他人に見せるには、みっともなさすぎる姿を思えば、頭は煮え立ち、全身が悪寒に震える。

それでも、ユリウスが望むなら、なんでもできる。やってみせる。恥辱《ちじょく》さえもユリウスが与えてくれるものなら悦び以外のなにものでもないのだからと、基紀は必死に右手を動かす。

太腿にトラウザーズと下着をまとわりつかせたまま、ユリウスの視線を感じては徐々に身を堅くしていくものを根元から先端へと何度もしごき上げ、到達したさきで亀頭部の先端をやわやわと指の腹で弄る。

「あっ、あっ……」

どんなにこらえようとしても漏《も》れてしまう喘ぎを、楽しげに聞くユリウスの視線が、基紀の股間に痛いほどに注がれている。

視姦される。こんな姿を。男として、こんなに情けないことはないはずなのに、胸のうちは屈《くつ》辱《じょく》からだけではない鼓動に逸《はや》っていく。耳殻の奥のほうでどくどくと響くこの脈動はなんだろうと思うだけで、ベルボーイの制服の内側がじわりと汗ばんでいく。

「そこに爪を立ててごらん。きっともっと気持ちよくなれる」

命じられるままに、爪のさきで敏感な孔をぐりぐりと弄れば、まるで静電気でも走ったかのような勢いで、快感の波がぴりぴりと全身に伝播《でんぱ》していく。

「……ッ……、はあっ……！」

痛みなのか快感なのかもわからない行為を、でも、やめる気になれない。普段なら決してそこまではしない。自分だけではできはしない。

ユリウスが望むから、愛しい男が命じるから。

言葉で、視線で、そして、基紀だけが感じることのできる、純白の気配で。

「後ろは弄らないのか、自分では？」

「……し、しないっ……」

「どうして？　きみはそっちのほうが好きだろう？　太いもので貫かれて、中をぐりぐりと掻《か》き回されるほうが、ずっと感じるはずだ」

「自分でしても……意味、ないから……」

そこは、ユリウスを受け入れるためだけの場所だ。自分で弄っても、それはなんの代わりにもなりはしない。太さも、体温も、硬度も、なにもかも違いすぎて。

むしろ、独りで残されたことを思い知り、よけいにもの寂しくなるだけだ。

「なるほど、そこは私だけのものか。それでこそ私の選んだ伴侶《はんりょ》だ」

満足げに言いつつ腰を上げたユリウスが、歩み寄ってくる。みっともなく開いたままの基紀の右の足首をつかみ、傲然と告げる。

「では、褒美をあげよう」

ソファのスプリングを揺らしながら、ユリウスが座面に膝《ひざ》をつく。自然と横たわる形になった基紀の両腿を割りながら迫ってくる男のトラウザーズの前が、すでに欲望に膨《ふく》らんでいる。

「欲しいのだろう、これが」

ファスナーを下ろす音に続いて現れた性器は、視覚からの刺激だけで素直に熱を発している。

「ああ……」

目が離せない。二カ月間、待ち焦《こ》がれた瞬間がついに訪れた。愛する男の雄々しいものを目にして瞬間、ごくりと唾液を嚥下《えんか》するあさましい音が妙にはっきりと耳に届く。

「……欲しい……」

ゲイではないのに。なかったはずなのに、それどころか女相手にも淡白なほうだと思っていたのに、どうしてユリウスにかぎって、こんなにあさましい反応を示してしまうのか。

「私は騎士だ。戦いに生きるものだ。突然、疲れた身体を引きずって戻ってきたとたん、前戯もなしに闇雲にきみを求めることもあるだろう。たとえば、こんなふうに……」

「……ッ……、あっ……!?」

押し当てられた瞬間、ぐいと襞《ひだ》を割って押し入ってきたものの、熱と量感に息が詰まる。痛みもさることながら、身体の内側を押し広げようとする圧倒的な異物感に、悲鳴さえ嗄《か》れる。

どうしてこんな暴挙をと涙で曇る瞳で愛しい男を見上げながら、基紀は両手を伸ばし、自分を苦痛の中に落とし込もうとする男にすがる。

はっはっ、と短く息を吐くたびに、ゆっくりとだが確実に迫《せ》り上がってくる圧迫感は、たとえどれほど乱暴な行為に見えようとも、ユリウスの欲情の証以外のなにものでもないのだ。

自ら触れたわけでもなく、ただ基紀が自慰をする姿を目にしただけで一気に高まり、こうして侵入を続けているいまもまだ、じりじりと硬度を増し、太さを増し、脈動を速めていく。

もともと同性愛者でもないユリウスが、基紀の姿を見て抑えきれぬ興奮を露《あら》わにしている。

それこそが、愛の証明でなく、なんだというのか。

二カ月ぶりというのに、愛しい者を受け入れた内部で感じる至福の時間を知ってしまった身体は、つらいだけの挿入にさえ応えて、必死にそれを呑《の》み込むための伸縮を続けている。

遠く離れていた時間を思えば、こうして触れあえることが奇跡のように感じられて、痛みなどなにほどのものかと、基紀は歯がみしながら無茶を承知で両脚を広げる。

応えられることが嬉しくて、触れられることが嬉しくて、そして、繋《つな》がることは、もっと嬉しくて、それでいて切なくて、瞳を覆った涙の膜をいっぱいに目を見開いてこらえる。

「そう。こうして……欲求を満たすためだけに、身体を繋ぐことも、ある……」

強引な挿入でようやく根元まで沈めた男のものが、どくん、と大きく身のうちで脈動する。

すぐにも激しい律動をはじめてもおかしくないほどの興奮をみせながらも、それを必死に抑えながら、まだわずかな体液に濡れただけの場所にしばしとどまって、ユリウスは自らの形を思い出させるかのように、ゆらゆらと埋め込んだものを揺らめかす。

遙《はる》か昔、伝説の時代の騎士達は、こんなふうに愛する姫を抱いたのだろうか。

血塗られた戦場から命からがら帰還した騎士が、重い鎧《よろい》を脱ぐのももどかしく愛する姫のドレスの裾《すそ》を割って、強引に押し入る。

柔らかく、温かく、生命の息吹溢《あふ》れるその場所で深く繋がって、実感するために。まだ生きているのだと。生きて、そして、愛する者を抱けるのだと。

そしてまた、強引に貫かれた姫もまた、暴挙のごとき行為の中にも、騎士が戦場で味わった痛みの片鱗《へんりん》だけでも自らの身に受けることに、悦びを感じたのだろうか。

押しこまれる熱塊の圧倒的な存在感に、いにしえの騎士の矜持《きょうじ》と情愛を感じとり、苦痛とない交ぜになった幸福感に胸を搾られながら、基紀はいっぱいに伸ばした両手でユリウスの髪をつかんで引き寄せる。

「あっ……、ユリウス……！」

もっと来てと。痛みも、苦しみも、すべてわかちあうために、自分達はこうして抱き合っているのだからと、精一杯の思いを込めて抱き寄せる。

「すまない……。もう、我慢がきかないっ……」

低く唸《うな》った男が、これ以上は理性を保てないとばかりに、まだじゅうぶんに慣れていない場所には少々でなく激しすぎる抜き差しを開始する。

「……ッ……あっ——…!?」

突然の衝撃に、基紀はぶるりと身を震わせて、大きく目を見開いた。

緊縮した内壁が中を満たすものに巻きついたまま引き抜かれたと思うと、次の瞬間、交合部の皮膚《ひふ》が中枢に向かってめり込むほどの勢いで、最奥まで一気に貫かれる。

「あっ、あぁっ——…！」

それは、痛みと紙一重の快感。

官能の炎でも揺らいでいるかのように、眼裏がまっ赤に染まるほどの、すさまじい快感。

力強い手で容赦《ようしゃ》なく両方の足首を握り、これ以上できないほど大きく割り開かれた脚のあいだに激しく打ち込まれる猛《たけ》りが、そのたびごとに、太さを、硬度を、増していく。

「いいよ、基紀……。ああ、よく締まる……！」

互いの肉の摩擦がもたらす刺激で濡れていくのが、徐々に淫蕩《いんとう》な音を高めていく交合部が教えてくれる。なのに、それだけでは物足りず、基紀は自らの胸元へと手を這《は》わせていく。

制服の布越しの焦《じ》れったさに身悶えながらも、その内側で敏感な乳首が身を堅くしているのがわかる。もっと直截《ちょくさい》な刺激が欲しいと、じんじんと痺《しび》れ、疼いている。

「そこが好きだったね、きみは。けど、いまはここだけで我慢してくれ……」

二カ月間のおあずけで飢えきった身体は、基紀の中で潤わなければもう渇きを癒やすことはできないとばかりに、鋭さと勢いをつのらせていく。

深く繋がった、たった一点に打ち込まれる刺激だけで、どうしてこんなに切なくなるほど感じるのかと思いながら、基紀はひたすら自分を穿《うが》つ男にとりすがる。

「くっ……！　基紀っ……！」

孤高の狼のごとき咆吼《ほうこう》とともに、あっという間に駆け上がった愉悦の高処《たかみ》で、二人同時に精を放つ。小刻みな放出を続けながら伸しかかってきた体重さえも、どうしようもなく心地いい。

身のうちに埋め込まれたものは、吐精してもなお、萎《な》える気配さえない。

「すまない……」

耳朶《じだ》に落ちてきた、乱れた吐息交じりの囁《ささや》きに、基紀は驚き目を瞬《しばたた》かせる。

「え？　あ、でも……俺も早かったから」

「そのことじゃない」

きみはロマンがないな、と男としてのプライドを少々傷つけられたらしいユリウスが、正直にむっと眉根を寄せる仕草が、なんだか妙に可愛い。

「ウォルフヴァルトの秋を見せてあげる約束だったのに、遅くなってしまった。日本はまだ紅葉の季節なのに、ウォルフヴァルトではもう雪が舞っている」

「それでもいい。白は……あなたの色だから」

「きみから仕事を奪おうとは思わない。私も忙しい身だ。きみを国に連れ帰っても、いっしょにいられる時間はわずかだ。だが、せめて私の城を見てほしい」

そのために戻ってきたのだと。今度こそ、基紀を故郷へと伴うために。

「きみのための礼服を用意させている。私とそろいの公爵家の正装だ。私の城で式を挙げよう。二人だけの結婚式を」

「ユリウス……」

プロポーズの言葉に甘く胸をときめかせながら、繋がったままの男が歓喜をもって律動を再開するのを、基紀は泣きたいほどの幸福感とともに抱き締めていた。

いまは雪に覆われたかの国で、ともに白い礼服に身を包み、手に手をとりあって神の御前で未来を誓う、そのときをうっとりと夢見ながら。

——おわり——

「白い騎士のサプライズ」（書き下ろし）

おとぎ話みたいに
剣解
KAI TSURUGI
どうだ？ウォルフヴァルトの冬は
すごく綺麗…どこもかしこもまっ白で
ユリウスの国って感じがする
冬に来れて良かった
それにフリードリヒ第二王子が結婚式に来てくれるなんて
まさかって思ったけどうれしかったな
いるし
かまわず続けろ

君はある意味この国で最強の妻だからな
捨てておく訳にいかなかったんだろう
あの方もあれでなかなか律儀だから
最強って…
てゆーか妻って///
そうだろう？
君は　この世でただ一人真実の名を知り得る力を持ち
その名を知る者を思うまま操ることができる
この私の運命さえも
そんな事できっこないって分かってるけど…
………
それなら…

何だ 何か
願いがあるのか？
がぁ〜
う、ううん
やっぱりいい
何なんだ？
気になるな
たいした事じゃ
ないから…
いいから
言ってみなさい
ホントに
い一んだって
ほう
どうしても
言わない気か？
い
言わない
サクサック
強情め
それなら
もっと素直に
白状できるように
してあげよう
私の尋問《じんもん》が
そんなに
お気に入りとは
気付かなかったな
えっ

いや違っ…
戻ったら
覚悟していろ?
うわっ
グイ
違うってば
ユリウスッ
おとぎの国みたいな
ウォルフヴァルトでなら
迷信も本当の事に
なっちゃいそうな
気がする
「ユリウス・
リヒター・
フリューゲン」
「あなたは生涯《しょうがい》
俺の事だけを
愛するでしょう」
the End

あとがき

いつもご愛読くださっている方も、初めましての方も、こんにちは、あさぎり夕です。『白い騎士《きし》のプロポーズ～Mr.シークレットフロア～』を、お手に取っていただいてありがとうございます。同時期に発刊されるマンガの『Mr.シークレットフロア～小説家の戯《たわむ》れなひびき～』のほうもよろしくお願いします。拙《つたな》い脚本を剣解《つるぎかい》さんがすばらしいマンガにして下さいました。

さらに、皆様の応援のおかげで次期も決定し、再び小説とマンガの同時進行でお目にかかれることになりました。本当にありがとうございました！

ただ、響《きょう》×卓斗《たくと》の話はマンガであまりにきちんと終わってしまったので、続きは小説でという変則的な方法をとることにしました。そして、新たなマンガのほうは、本作品にも登場しているウォルフヴァルト大公国の第二王子フリードリヒが傲慢《ごうまん》攻様として、受のビンボー青年、根岸和《ねぎしかず》巳《み》を翻弄《ほんろう》するお話になる予定です。

さて、今回のお話は、基紀《もとき》はわりとすんなり決まったんですが、ユリウスのキャラデザインに関しては、剣さんに王子様的なラフを三パターンくらい描いていただいた中から選びました。

貴族で白い礼服を着ている騎士のイメージは最初からできていたのですが、そうなると共感覚で見える色も白だなとタイトルを考え始めたところで、剣さんの著書に『黒の騎士』があったのことに気がついてしまい。いっそのことあえて『白い騎士』にしてはどうかと、編集さんに相談したところ、剣さんのマネージャーさんから、かまいません、との快諾《かいだく》をいただきまして、一安心しました。さて、そのユリウスの故郷ウォルフヴァルト大公国《たいこうこく》ですが、これは『ダイヤモンドに口づけを』シリーズのときに私が勝手に創作した国です。その時から次男はフリードリヒという名前に決まっていたのですが『ダイヤ』のほうには登場予定がなかったもので、こちらで使ってしまいました。でも、まさかマンガバージョンの攻様にまで出世するとは。いやはや話というのはどう転《ころ》んでいくかわからないものです。

『ダイヤ』のほうではフリードリヒの弟マクシミリアンが活躍しています。まだ未読の方はそちらもごらんになってください……と、なんだか宣伝ばかりしていますね。

でも、読者の皆様の応援がなければ、こうして形にすることもできなかったのですから、本当に感謝にたえません。そして、剣さんはもとより、この本の製作に関わってくださったすべての方にお礼を申し上げます。ありがとうございました。

では、再び『Mr.シークレットフロア』の世界でお目にかかれることを願って、ごきげんよう。

二〇一一年　新たな年に　　　　あさぎり　夕

あさぎり先生とMr.シークレットフロアシリーズを描かせていただいています。
剣解と申します！ しかし小説は、毎回ワクワク読ませていただいて、ほとんど
読者です（笑） 挿絵を描く上では、もっと素敵にシーンを再現できたらなぁ
と頭を捻るのですが、思うに任せません。イラストは難しいです。ですが、
こうして広がりのあるお仕事を、しかもこの上ないキャリアの持ち主でいらっしゃる
先生と御一緒できるというのは、本当にありがたく、運の良い事だと思います！
ありがとうございます!!
次回は漫画の1シーズンの
主人公達が小説で再び
活躍してくれるそうです。
楽しみですね!!
私も楽しみです!!
ぜひともまた一年、
先生の小説と
漫画とを

ユリウスは
一見変な人
でしたが(!?)
お付き合い
してみたら
とてもマトモで
チャーミングな
男性でしたね♥

期待しつつ
楽しみつつ✿
一緒に過ごして
いきましょう♥

先生！皆様！
次回の作品でも
どうぞよろしく
お願いします
ミ♡ミ

心を込めて
剣解

ビーボーイノベルズをお買い上げ
いただきありがとうございます。
この本を読んでのご意見・ご感想
をお待ちしております。

〒162-0825 東京都新宿区神楽坂6-46
ローベル神楽坂ビル４階
リブレ出版㈱内 編集部

リブレ出版WEBサイトと携帯サイト「リブレ+モバイル」でアンケートを受け付けております。
各サイトにアクセスし、TOPページの「アンケート」から該当アンケートを選択してください。
（以下のパスワードの入力が必要です。）ご協力をお待ちしております。

リブレ出版WEBサイト http://www.libre-pub.co.jp
リブレ+モバイル http://libremobile.jp/
（i-mode, EZweb, Yahoo!ケータイ対応）

ノベルズパスワード
2580

BBN
B●BOY NOVELS

白い騎士のプロポーズ ～Mr.シークレットフロア～

2011年4月20日 第1刷発行

著者 ―― あさぎり夕
©You Asagiri 2011

発行者 ―― 牧 歳子

発行所 ―― リブレ出版 株式会社
〒162-0825
東京都新宿区神楽坂6-46ローベル神楽坂ビル6F
営業 電話03(3235)7405 FAX03(3235)0342
編集 電話03(3235)0317

印刷・製本 ―― 株式会社光邦

Printed in Japan
ISBN 978-4-86263-938-7